KB150290

韓國의 漢詩 90

吳 孝 媛
崔 松 雪 堂 詩 選

한국의 한시 90

崔松雪堂・吳孝媛 詩選

허경진 옮김

평민사

머 리 말

　개화기에 활동한 송설당 최씨와 소파 오효원은 한시 문단의 마지막 세대라고 할 수 있는데, 여러 가지로 공통적인 모습도 있지만 대조적인 모습도 지니고 있다. 두 사람 다 경상도에서 태어나 한시를 짓고, 교육활동을 했다는 공통점이 있다. 두 사람 다 조상의 한을 풀거나 감옥에 갇힌 아버지를 구해내는 일을 자원하고 나선 효녀였는데, 이 일이 이들 한시의 한 주제가 되었으며, 오효원은 이 일 때문에 문단에 널리 알려지고 인정받기 시작했다.

　이들은 여성의 활동이 제한된 시대에 태어났기에 주위 사람들은 이들이 남성으로 태어나지 못한 것을 한스럽게 여겼지만, 송설당은 스스로 장남의 역할을 자임하고 나섰으며, 오효원의 아버지는 아들딸을 구별하지 않고 오효원을 사랑하며 가르쳤다. 송설당은 유교를 거쳐 불교에 귀의했으며, 오효원은 기독교에서 세례를 받았다. 송설당은 어머니의 유언을 실현하기 위해 혼인도 포기하고 교육사업에 일생을 바쳤지만, 오효원은 조선에 여학교가 하나도 없는 것을 안타까워하며 모금해서 명신여학교를 설립했다. 두 차례나 혼인했으며, 그의 시에는 사랑을 갈구하는 시가 많다. 한 세대가 차이나는 그들의 세계인식은 그만큼이나 달랐다.

　이들은 전문적으로 한시를 익히지 않았기에 시어도 다양하지 않고, 독서 편력도 적으며, 이들이 이룬 문학세계도 비교적 단순하다. 그러나 송설당은 장편시 「기몽(記夢)」에서 옥황상제를 만나 자신의 평생 한을 토로하고 위로받았다. 허난설헌의 「유선사(遊仙詞)」 형식을 빌려 카타르시스를 체험한 셈이다. 오효원은 조선, 일본, 중국 3개국을 오가며 드넓은 공간을 배경으로, 과거의 역사와 새롭게 변화하는 개화기의 모습을 아울러 표현하였다. 허난설헌이 세상을 떠난 뒤에 『난설헌집』이 동양 삼국에서 간행되어 독자들에게 읽힌 것과 달리, 그는 실제로 삼국을 오가며 한시로 교유한 실상을 보여주었다는 점에서 의미가 있다. 한자는 동아시아 삼국의 공통문자였는데, 그가 한자의 유용성을 몸으로 보여준 셈이다.

이들의 사진을 보면 송설당은 전형적인 대갓집 여주인이고, 오효원은 신여성이다. 송설당은 전형적인 재산증식의 방식에 따라 토지를 늘렸고, 이 토지를 자산으로 하여 학교재단을 설립했다. 그러나 오효원은 한시와 언론을 통해 의연금을 모아 여학교를 세웠으니, 문학의 효용성을 극대화시킨 경우라고도 볼 수 있다.

그동안 우리 문학사에서 이 두 여성 시인은 별로 주목받지 못했지만, 이번 시선집을 계기로 해서 많은 독자들에게 알려지면 다행이겠다.

2007년 12월
허경진

崔松雪堂・吳孝媛 詩選 차례

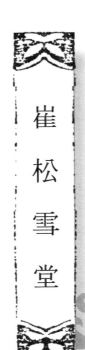

崔松雪堂

어버이를 그리워하며

깊고 깊은 한강수
높고 높은 삼각산.
큰 하늘이 그 위에 있어
두 손으로도 멀리 잡고 오르기 힘드네.

思親

深深漢江水, 高高三角山.
昊天在其上, 雙手遠難攀.

고향집 뜨락의 작은 소나무를 그리워하며

우리 집 뜨락 한 귀퉁이에
내 손으로 한 자 남짓 소나무를 심었었지.
나를 생각하는 어머님 마음이 깊으셔서
소나무를 볼 적마다 내 얼굴을 생각하신다네.

憶鄕第庭畔小松

我家庭一畔,　手植尺餘松.
想我慈情重,　看松念我容.

길 가다가

몇 리 가다가 사람 만나 길 물어보니
푸른 연기 나는 곳에 낮닭이 우네.
황폐한 마을 비 지나자 장승도 넘어지고
옛무덤 비바람에 닳은 비석이 기울어졌네.

途中

數里逢人輒問程. 靑烟生處午鷄鳴.
殘村雨過長栍倒, 古墓風磨短碣橫.

두아에게

날이 갈수록 책 읽기 싫어해
학교 들어간 처음보다 더 심하구나.
느지막히 잠에서 일어난 뒤에
손님이 찾아오면 기뻐하누나.
새 잡을 생각만 머리에 가득하고
노(魯)자와 어(魚)자도 구별 못하니,
부지런히 힘쓰고 게을리하지 말아라.
그래야 마우거(馬牛裾)를[1] 면할 수 있단다.

贈斗兒

去去太厭書, 甚於入學初.
遷延眠起後, 歡喜客來餘.
志在彎鴻鵠, 才優辨魯魚.
孜孜能勿怠, 幸免馬牛裾.

■
1. 예의를 모르는 사람을 비웃는 말인데, 한유의 「부독서성남시(符讀書
城南詩)」에 "사람이 고금에 통하지 못하면, 말과 소가 사람 옷을 입게
된다(人不通古今, 馬牛而襟裾)"고 했다.

봉황대[1]

봉황이 천년 전에 가서는 돌아오지 않아
저녁노을에 혼자 올라 잠시 어정거리네.
난간에 기대 한숨 쉰 뒤에 바람같이 내려오니
청련(靑蓮)이[2] 우화(羽化)했음을 그 누가 알아보랴.

鳳凰臺

丹鳳千年去不回, 斜陽獨上暫徘徊.
憑欄一嘯飄然下, 誰識靑蓮羽化來

■
1. 봉황대는 중국 남경에 있는 높은 언덕이다. 송나라 원가(元嘉) 연간
에 이 언덕 위에 진기한 새들이 몰려와 날개를 쉬면서 아름다운 소리
로 울었으므로, 사람들이 그 새를 '봉황'이라 하고, 그 언덕을 '봉황대'
라고 하였다.

　옛날 봉황대 위에 봉황새가 놀았건만
　봉황은 가고 대는 비어 강물만 혼자 흐르네.
　鳳凰臺上鳳凰遊. 鳳去臺空江自流. - 이백 「등금릉봉황대」

경상북도 김천시 교동 820-1 연화지에 봉황대가 있다. 처음에는 삼락동 마을 북쪽에 있었는데, 군수 윤택이 봉황이 나는 꿈을 꾸고 읍취헌이라는 이름을 봉황루라고 바꾸었다. 군수 김항주가 1771년에 중수하면서 봉황대라 바꾸고, 군수 이능연이 1838년에 연화지 못 가운데로 옮겼다. 시인들이 이 고장을 삼산이수(三山二水)라고 표현한 것도 이백의 시 「등금릉봉황대」에서 따온 것이다. 현재 경상북도 문화재자료 제15호이다.

2. 당나라 시인 이백(李白)의 호가 청련거사이다. 『진미공필기(陳眉公筆記)』에 "이백이 창명현(彰明縣) 청련향(靑蓮鄕)에서 태어났기 때문에, 호를 청련이라고 했다"고 한다. 그러나 근래 곽말약의 연구에 의하면, 이백은 중앙아시아 쇄엽성(碎葉城)에서 태어났다고 한다.

칠흙같은 밤에 읊다

방안이 칠흙 같고 눈은 장님 같아
모습은 보지 못하고 소리만 알아듣네.
어찌하면 삼오야 둥근 달을 얻어다
만 가지 모습을 다 비춰 분명케 할까.

漆夜吟

室如漆色眼如盲, 不辨形容但辨聲.
安得團團三五月, 照他萬像自分明.

달밤

책 들치다보니 새벽 초가 작아지고
오래 앉았노라니 정신이 맑아지네.
사방에 사람 자취도 없는데
이웃집 닭만 울음을 그치지 않네.

月夜

檢書曉燭短, 坐久覺神淸.
四邊無人迹, 隣鷄不已聲.

거울

내가 내 그림자를 보니
참다운 모습이 거울에 있네.
천연스러운 모습이 나인지 아닌지
항아가[1] 달 속에서 비추고 있네.

鏡

吾看吾影子, 眞眞在寶鏡.
天然疑信間, 姮娥月中暎.

■
1. 유궁(有窮)의 후예(后羿)가 서왕모에게 불사약을 청하였다. 그런데
그의 아내 항아(嫦娥)가 이를 훔쳐 가지고 달로 달아나 버렸다. 항아가
떠나면서 무당 유황(有黃)에게 점을 쳤는데, 유황이 이렇게 점괘를 일
러 주었다.
"길하도다. 펄펄 나는 귀매(歸妹)로다. 장차 홀로 서쪽으로 가서 하늘
속의 회망(晦芒 어둠)을 만나리라. 두려워할 것도 없고, 놀랄 것도 없
다. 뒤에 장차 크게 창성하리라."
항아는 드디어 달에게 자기 몸을 맡겼다. 이것이 바로 섬저(蟾蠩), 즉
달 속의 두꺼비이다. - 간보『수신기(搜神記)』

담뱃대

연기를 들이쉬면 답답한 마음 풀어져
그 이름이 바로 담뱃대일세.
한 몸에 오행을[1] 겸하니
벽사하여 더러운 기운 물리치네.

煙竹

吸烟解欝氣, 其名曰烟竹.
一體兼五行, 辟邪穢氣逐.

■
1. 담뱃대에는 금(金 담배통), 목(木 대나무), 수(水 물), 화(火 담배불),
토(土 담배)의 오행이 다 갖춰져 있다.

복숭아

어머니[1] 오래 사시도록 바치려고
서왕모의 선도 복숭아를 훔치려고[2] 했었지.
꿈속에서 외로운 배를 쫓아가다 보니
이곳이 바로 무릉도원 가는 물길이라네.[3]

桃

爲獻萱堂壽. 期窃王母桃.
夢逐孤舟去, 云是武陵濤.

■
1. 원문의 훤당(萱堂)은 훤초(萱草)가 있는 집이라는 뜻인데, 남의 어머
니를 높인 말이다. 훤초는 망우초(忘憂草)라고도 하는데, 여인들이 안
마당에 심고 바라보면서 시름을 잊었다고 한다. 훤초의 어린 싹을 나물
로 만들어 먹으면 취한 느낌이 들어 시름을 잊었다고도 한다. 그래서
부인들이 사는 안마당에 훤초를 많이 심었다.
2. 7월 7일에 서왕모가 내려와서 선도복숭아 네 개를 무제(武帝)에게
주었다. 무제가 먹고 나서 그 씨를 거둬 심으려 하자, 서왕모가 말했
다. "이 복숭아는 삼천 년에 한 번 열매가 열립니다. 중하(中夏)는 땅
이 척박해서 심어도 열리지 않습니다." 그러자 황제가 그만두게 했다.
－「무제내전(武帝內傳)」

3. 진(晉)나라 때에 무릉(武陵)에 사는 한 어부가 시냇물에 복사꽃이 흘러오는 것을 보고 상류로 거슬러 올라가다가 바깥 세계와 떨어져 사는 마을을 발견했다. 복사꽃이 만발한 이 마을 사람들은 진시황의 폭정을 피해서 숨어 들어왔는데, 그 뒤로 세월이 얼마나 흐르고 왕조가 어떻게 바뀌었는지 아무도 몰랐다. 평화로운 마을에서 대접을 받고 돌아온 어부가 군수에게 보고한 뒤에 다시 그 마을을 찾아가려 했지만, 길을 알 수가 없었다고 한다. 이 이야기를 도연명이 듣고 「도화원기(桃花源記)」를 지은 이래, 많은 문인들의 작품 소재가 되었다.

대나무

고기 먹자는 게 내 생각 아니니
사는 곳에 늘 대나무가 있네.[1]
굳센 마디는 곧은 신하와 같아
차가운 서리와 눈도 굴복시키기 어렵네.

竹

食肉非余思, 所居常有竹.
勁節直臣同, 霜雪誠難服.

■
1. 고기가 없어도 밥은 먹을 수 있지만
   집에 대나무가 없으면 안되네.
   고기가 없으면 사람을 여위게 하고
   대나무가 없으면 사람을 속되게 하네.
   여윈 사람은 살찌울 수 있지만
   선비가 속되면 다스릴 수가 없네. - 소동파 「녹균헌시(綠筠軒詩)」

송설당

흰 눈 덮인 외로운 소나무가 한 작은 집에 있으니
이 마음이 꽃향내를 멀리 하려는 것은 아닐세.
일찍이 풍상을 겪어 늙은 자태에까지 남았으니
늘그막에 맞은 비와 이슬이 영광을 부끄러워하네.
여름에 서늘하고 겨울에 따뜻하게[1] 해 드리지 못했으니
봄 밤과 가을 햇살이 긴 것이 한스러워라.
다음 세상에서는 어떤 인과응보를 얻을는지
글솜씨를 닦아서[2] 옥황께 아뢰리다.

松雪堂原韻

白雪孤松一小堂.　此心非欲遠流芳.
早閱風霜餘老態,　晚霑雨露愧榮光.
夏凊冬溫誠不及,　春宵秋日恨須長.
來生做得何因果,　第待修文奏玉皇.

■
1. 사람의 아들 된 도리로 겨울에는 (어버이를) 따뜻하게 해드리고 여름에는 서늘하게 해드리며, 저녁에는 잠자리를 돌봐드리고 아침에는 안부를 물어야 한다. - 『예기』「곡례(曲禮) 상」
2. 당나라에서 홍문관의 옛이름이 수문관(修文館)이었는데, 문인이 죽으면 수문랑이 된다고 하였다. "글솜씨를 닦다"의 원문이 수문(修文)이니, 시를 잘 짓던 그는 죽어 저 세상에 가면 남자로 태어나 홍문관에 벼슬하고 싶다는 뜻을 중유법으로 썼다.

깊은 밤 홀로 앉아서

시름과 더불어 밤이 깊어지면서 꿈도 이루지 못해,
문 열고 혼자 앉았노라니 마음이 젊어지네.
박꽃에 이슬 떨어지는 소리가 이따금 뚝뚝 들리고,
산 비가 개려 하자 산 달이 더욱 밝아라.

深夜獨坐

愁與更深夢不成.　開門獨坐少心情.
時間滴滴匏花露,　山雨欲晴山月明.

등불

외로운 등불이 이삭처럼 걸려 가슴을[1] 열어보이며
황혼이 될 때마다 벽 위에 찾아오네.
네 덕분에 삼경에 무엇을 하던가
책 읽는 아이 길쌈하는 아낙네가 재주 따라 일하네.

詠燈

孤燈結穗寸心開. 每趁黃昏壁上來.
賴爾三更何所事, 書兒績婦各隨才.

■
1. 원문의 촌심(寸心)은 마음을 가리킨다. 마음이 한 치 사방의 심장에
있다고 여겼기 때문이다.

고향집에서 온 편지를 보며

1.
외로운 침상에서 지난 밤 꿈을 꾸었는데
아이 볼과 아우 뺨이 분명히 보였네.
고향집 편지가 날아올 징조니
몇 년 사이 나그네 마음이 익숙해졌네.

見家書

孤榻前宵一夢成. 兒顋弟頰見分明.
家書將得曾多驗, 只是年來慣客情.

3.

삐뚤빼뚤한 편지 줄을 따라 읽다보니
평안 두 글자가 분명 있구나.
한 글자가 만금이라던[1] 말이 헛되지 않아
집 떠난 게 집에 있는 것보다 낫다는 생각이 드네.

細逐書行正復斜. 平安二字檢無差.
萬金抵得非虛語, 暫道離家勝在家.

■
1. 두보의 시 「춘망(春望)」에서 "봉화가 석 달이나 이어지니, 집에서
온 편지가 만금이나 값 나가네[烽火連三月, 家書抵萬金]"라고 하였다.

봄날 규방의 시름

1.
그 누가 인간 세상에 이별이란 글자를 만들었던가.
하루아침에 이별하니 마음이 너무 아파라.
오지 못하는건 다만 낭군의 마음이 옅어졌기 때문이지.
산이 높고 물이 깊어서라고 말하진 마소.

春閨怨

誰作人間離別字,　一朝離別最傷心.
不來只是郎情薄,　莫道山高水又深.

3.
인간 세상에도 또한 가련한 사람이 있어
낭군을 원망하지 않고 귀신만 원망하네.
혼자서 자는 빈 방에는 소식도 끊어져
이 몸이 죽고 싶지만 이 청춘을 어찌 할거나.

人間亦有可憐人.　不怨郎君怨鬼神.
獨宿空房消息絶,　此身欲死奈靑春.

5.

아름다운 철이 처음 돌아와 갑절이나 님 생각이 나라.
집집마다 젊은이들이 놀러다니는 시절일세.
낭군께서는 오늘 밤 어느 곳에 계실까.
달을 보시는지, 등불 구경을 하실지, 도무지 모르겠네.

佳節初回倍有思. 家家年少冶遊時.
郎君此日在何處, 望月觀燈摠不知.

벽제관 시에 차운하다

벽제 가을 나무에 군사 소리가 들려
그 옛날 전투하던[1] 모습이 떠오르네.
오래 앉았노라니 귀신들 호소하는 소리가 들리는 듯
산빛과 물색이 사람을 시름겹게 하네.

次人碧蹄店韻

碧蹄秋樹軍聲動, 像想當年戰鬪時.
坐久如聽神語訴, 山光水色使人愁.

1. 임진왜란이 일어난 뒤에 명나라 제독 이여송이 원군을 이끌고 조선
에 들어와, 1593년 1월 8일에 평양성을 탈환했다. 승세를 타고 벽제까
지 왜군을 추격했다가, 1월 28일 혜음령에 매복했던 왜군에게 역습당
해 크게 패배했다.

두아를 그리워하며

어린아이와 헤어지고 갑절이나 보고 싶어
두 뺨을 바라보다 꿈에는 눈썹을 보네.
어미를 부르며 몇 번이나 사립문에서 기다렸을까
줄 지어 아이들과 대말 타며 놀겠지.[1]
짐승도 되고 새도 되며 날 부끄럽게 하니
옷이 없고 음식이 없은들 네 어찌 알랴.
맑은 가을날 짝 지어 잘 돌아가리니
손 잡고 웃으며 떨어지지 말자꾸나.

憶斗兒

稚子別來倍有思, 望中雙頰夢中眉.
喚孃幾道柴門候, 逐隊猶應竹馬馳.
爲獸爲禽吾所愧, 無衣無食爾何知.
淸秋作伴好歸去, 喧笑提携相不離.

■
1. (환온이) 사람들에게 말했다. "내가 어렸을 때에 은호(殷浩)와 함께
대말을 타고 놀았는데, 내가 버리면 은호가 가져갔다." - 『진서』「은호
전」
아이들이 말을 타듯 두 다리 사이에 걸터타고 끌고 다니던 대막대기를
대말[竹馬]이라고 한다.

자술

천지는 드높고 해와 달은 밝아
만물이 그 생기 받고 각기 모습을 이루었네.
그 가운데 인생이 영험하고도 또한 귀해
예절로 벼리 삼고 원형(元亨)으로[1] 몸 삼았네.
삼재(三才)[2] 가운데 나 또한 인품(人品)에 끼었건만,
여자의 몸으로 태어난 게 끝내 한스러워라.
마음은 언제나 밝고도 밝아,
유훈 지키며 어느 때인들 어버이를 생각지 않았으랴.
지극한 소원 가지고 상제께 호소해도
묵묵히 수감(垂鑑)하니 표정이 참스럽네.
내세에 어떤 인과응보를 받을런지
충효 집안에 쾌활한 사람이기를,
어질고 착한 사람과 짝을 이루어
태평성대 만나 요임금 모시리라.
동서 사업을 경영한 뒤에
백대에 아름다운 이름을 글로 남길진저.

自述

天地魏魏日月明. 資生萬物各成形.
惟是人生靈且貴, 綱倫禮節體元亨.
三才我亦參人品, 却恨終爲女子身.
心常洞洞而燭燭, 遺訓何時不思親.
欲將至願訴上帝, 黙黙垂鑑表情眞.
他生做得何因果, 忠孝家中快活人.
共作賢良伊傅侶, 遭逢聖代帝堯君.
東西事業經營後, 百世遺芳發達文.

■
1. 원(元)은 만물이 시작하는 것이고, 형(亨)은 만물이 자라는 것이며,
리(利)는 만물이 열매 맺는 것이고, 정(貞)은 만물이 이뤄지는 것이다.
오직 건곤(乾坤)에만 이 네 가지 덕이 있을 뿐이니, 다른 괘에 있는 것
들은 일에 따라서 변한다. -『역(易)』정전(程傳)
2. 하늘을 세우는 도는 음과 양이고, 땅을 세우는 도는 유(柔)와 강(剛)
이며, 사람을 세우는 도는 인(仁)과 의(義)이다. 삼재(三才)를 겸해서 두
번 했기 때문에 역(易)이 여섯 획으로 괘를 이룬다. -『역(易)』「설괘
(說卦)」

아름다운 철 맞아 어버이를 그리워하며

남쪽으로 김천을 바라보니 길이 멀기만 해
흰 구름 어느 곳이건 모두 태항산일세.
아름다운 철에는 해마다 갑절 그리우니
청명이 이미 지나자 또 중양절일세.[1]

逢佳節思親

南望金泉道路長. 白雲何處是太行.
佳節年年思倍切, 淸明已過又重陽.

■
1. 양기가 가장 많은 숫자가 '9'자였으므로, 9월 9일을 중양절이라고
했다. 이날 높은 곳에 올라가 술잔치를 벌였다.

기러기 소리 들으며 아우를 그리워하다

빈 뜰에 달빛 가득하고 하늘엔 서리 가득한데
한 마디 소리가 날 깨워 앉아서 잠 못 이루네.
내일이면 김천을 지나 날아갈 테니
평안하다는 소식이라도 전해 주려마.

聞雁聲憶弟

月滿空庭霜滿天. 一聲攪我坐無眠.
明日金泉飛過路, 爲報平安信息傳.

나비에게 말 부치다

봄 깊고 날 따뜻해져 뜨락 꽃 사이에 걷노라니
꽃 시들고 바람 가벼워 시름만 일어나네.
나비는 어디서 왔다 어디로 가는지
장자가[1] 남쪽 가지에서[2] 꿈꾸지 않았던가.

寄語蝴蝶

春深日暖步庭花. 花弱風輕惹恨多.
借問何來何去蝶, 記不莊叟夢南柯.

■
1. 예전에 장주(莊周)가 꿈속에서 나비가 되었다. 훨훨 날아다니는 나
비가 되어, 내가 나비라는 것도 깨닫지 못했다. 그러다가 문득 잠에서
깨고 보니, 나는 엄연히 나비였다. 도대체 장주가 꿈속에서 나비가 된
것일까? 아니면 나비가 꿈속에서 장주가 된 것일까? 장주와 나비 사이
에는 반드시 분별이 있을 것이다. 이것을 일러서 물화(物化)라고 한다.
— 『장자』「제물론(齊物論)」
2. 순우분(淳于棼)이 느티나무 아래에서 술을 마시다 취해 누웠는데,
꿈에 구멍 속으로 들어갔더니 괴안국(槐安國)이 있었다. 왕이 순우분을
임명하여 남가태수(南柯太守)를 삼자 놀라 깨었는데, 묵은 느티나무 아
래 구멍이 뚫려 사람이 드나들 만했다. 그 속에 큰 개미가 있었는데,
바로 그 개미가 왕이었고, 구멍이 남쪽 가지로 통했는데 그곳이 바로
남가군(南柯郡)이었다. — 『이문록(異聞錄)』
한때의 부귀 영화가 모두 꿈이라는 뜻이다.

달 보며 묻다

네게 묻노니, 둥글고 밝은 달아!
만리 푸른 하늘에 몇 번이나 왔던가.
내 한평생 돌아보니 천고에 한스러워
천추에 술잔 잡고 적선에게[1] 묻노라.

對月問懷

問爾團團皎皎月, 靑天萬里幾時來.
閱盡吾生今古恨, 千秋停一謫仙杯.

1. 당나라 천보(天寶, 742~755) 초엽에 이백이 남쪽으로 회계에 갔다
가, (도사) 오균과 함께 현종의 부름을 받았다. 그래서 이백도 또한 장
안에 이르렀다가, (풍류시인) 하지장(賀知章)을 찾아가 만났다. 하지장
이 그의 글을 보고는 탄식하면서 "그대는 (하늘에서 이 땅으로) 귀양온
선인이다[子謫仙人也]"라고 말했다. - 『당서(唐書)』「이백전(李白傳)」

  사명자(四明子)라는 미친 나그네 있어
  풍류시인 하계진으로 이름 높았지.
  장안에서 한번 만나보더니
  나더러 적선인(謫仙人)이라고 불렀네.
    - 이백 「대주억하감시(對酒憶賀監詩)」

김해에서 옛날을 생각하며

그 옛날 김해를 생각하니 꿈속만 같아
초선대에[1] 달 비치고 두 능[2]에 단풍 들었지.
차 타고 한 번 오는 게 어려운 일 아니건만
인정이 같지 않은 걸 내 어찌하랴.

金海懷古

憶昔金州如夢中. 招仙臺月二陵楓.
乘車一徃非難事, 其奈人情報不同.

■
1. 초선대는 김해부(金海府) 동쪽 7리 넓은 들판 가운데 있는 작은 돌
산이다. 가락국 거등왕이 칠점산의 참시선인(昆始仙人)을 부르자, 참시
가 배를 타고 거문고를 껴안고 찾아와 함께 즐겁게 놀았다. 그래서 초
선대라고 한다. - 이학규 『낙하생집』「영남악부」「초선대」
2. 수로왕릉과 허황후릉이다.

선영 일로 석태를 정주 선천에 보내며

집안 형세가 이렇게 기울어진 게
벌써 백사 년이나 되었네.
유훈대로 조상 은덕 보답하려 했건만
선영까지 잃어버린 지 벌써 오래 되었네.
국그릇을 마주하고도 배불리 먹기 어려웠고
잠자리에 누워도 달게 잘 수가 없었지.
태산이라도 짊어진 듯 쉬지 않고 애쓰며
깊은 못에라도 이른 듯 조심스럽게 살았지.[1]
선산을 그리며 눈 덮인 북녘 하늘을 바라보다
서쪽 하늘가로 그대를 보내네.
신령께서 우리 정성에 감응하실는지
자손된 도리를 더욱 힘쓰세.
떼를 고쳐 입히고 또한 빗돌도 세워
이 마음 드높이 다하여보세.

■
1. 두려워하고 조심해야지.
   깊은 못에 임하듯 하고
   엷은 얼음판 밟고 가듯 해야지.
   戰戰兢兢, 如臨如淵, 如履薄氷. - 『시경』소아 「소민(小旻)」

先塋事送錫台至定州宣川

門戶何零替， 逮今百四年.
遺訓思圖報， 先塋久失傳.
對羹難飽喫， 臨臥不甘眠.
孜孜如負泰， 洞洞若深淵.
慕先瞻北雪， 送汝向西天.
神靈歆感否， 子職尚油然.
改莎又堅石， 庶竭此心懸.

꿈을 쓰다

숲 바람소리가 살랑이고
산 달빛은 눈부시게 하얀데,
강 위 하늘에 푸른 구름이 길고
뜨락 나무에는 흰 이슬이 맺혔네.
주인이 앉은 채로 잠 못 이루자
외로운 불빛도 환하게 꺼지지 않네.
평생 지내온 일을 돌이켜 생각하자니
쌓였던 한이 짝을 이루네.
머리수건 쓰는 여인의 몸으로 태어나
풍상을 겪으며 바쁘게 살았지.
밤이나 낮이나 늘상 쭈그리고 앉아
육십 평생을 하루같이 보냈지.
입신양명 하려 해도 본래 길이 없었으니
하물며 사업을 할 수 있었으랴.
가도(家道)가 비록 영락했다지만
선조의 가업을 어찌 잇지 않으랴.
게다가 한갓 아낙네로 친다면
이 한 몸에 길함도 있겠지.
사람들은 모두 부부이건만
나만은 홀로 가정이 없네.
사람들은 모두 아들딸이 있건만

나만은 겨우 조카뿐일세.
만 가지 생각에 엎치락뒤치락하다 보니
마음속이 마치 잃어버린 것 같아라.
우연히 남가일몽을[1] 이루니
장자처럼 나비가 되어,
바람타고 이 세상을 떠나서
신선이라도 된 것처럼 생각되었네.
십주(十洲)[2]를 잠깐 사이에 날아
눈깜짝할 사이에 삼신산[3]까지 이르렀네.
선녀가 내 손을 이끌고
직녀가 나에게 귤을 주었네.
오색 구름이 영롱한 곳에
황금빛 대궐이 높다랗게 섰네.
봄날의 아름다운 풀들이 사랑스럽고
구슬꽃들이 향내를 풍겼네.
곧 옥황 앞에 이르러
엎드려 절하니 마음이 황홀해라.
옥황께서 이르시되, "그대가 송설이구나.
티끌세상의 고생이 이젠 끝났다.
회포가 있으면 숨기지 말고 말하거라.
억울한 일이 있으면 모두 하소연하거라."
송설이 올려다보며 흐느꼈지만

입술을 열어 말을 못했네.
옥황께서 말하시길, "그대 송설이여.
그만 울고서 짐의 말을 들으라.
그대의 회포를 다 말하기 어렵고
그대의 억울함을 다 씻어내기가 어렵겠지."
송설은 묵묵히 아무런 말도 못하고
두 눈에선 눈물이 그치지 않고 흘렀네.
철철 흘러서 옷깃을 적시고
나도 모르는 사이에 목소리가 울먹였네.
옥황께서 말하시길, "그대의 울음만으로도
깊은 사연을 다 캐어낼 수가 있구나.
그대의 회포를 짐이 이미 헤아렸고
그대의 억울함을 짐이 벌써 밝혀냈다."
옥황께서 곧 여러 선녀에게 명하여
나를 일으키고 친히 얼굴을 보셨네.
또 여러 선동들을 불러다
내게 귀한 음식을 내려주셨네.
옥황께서 말하시길, "그대 송설이여
오랜 세월이 지나 뽕나무밭이 바다로 바뀌면
그대 다시 인간 세상으로 내려가거라
짐이 다시 그대를 불러서 보리라."
손으로 친히 상자 둘을 주시니

따뜻한 향내가 옥좌를 둘러쌌네.
송설이 두 번 절하고 받은 뒤에
물러나 광한루로 나왔네.
다시 왔던 길을 따라서
마치 번개라도 치듯 집으로 돌아왔네.
내 여러 형제들을 불러 모아
은총을 자랑하니 모두들 즐거워하네.
바삐 손을 놀려 두 상자를 열어보니
너무나 깨끗해서 마음이 어지럽고 눈이 부셔라.
한 상자에는 학창의[4]가 들었고
한 상자에는 흰 깃옷이 들었네.
송설이 깜짝 놀라며 탄식했으니
옥황의 은총이 잘못 여기까지 이르렀네.
두 물건이 비록 좋다고 말들 하지만
현생에서야 어디에다 쓰리오?

■ 1. 순우분(淳于棼)이 느티나무 아래에서 술을 마시다 취해 누웠는데, 꿈에 구멍 속으로 들어갔더니 괴안국(槐安國)이 있었다. 왕이 순우분을 임명해 남가태수를 삼자 놀라 깨었는데, 묵은 느티나무 아래 구멍이 뚫려 사람이 드나들 만했다. 그 속에 큰 개미가 있었는데, 바로 그 개미가 왕이었고, 구멍이 남쪽 가지로 통했는데 그곳이 바로 남가군(南柯郡)이었다. -『이문록(異聞錄)』

2. 한나라 무제가 서왕모에게서 신선세계 이야기를 들었다. 팔방(八方) 큰 바다 가운데 조주(祖洲)·영주(瀛洲)·현주(懸洲)·염주(炎洲)·장주 (長洲)·원주(元洲)·유주(流洲)·생주(生洲)·봉린주(鳳麟洲)·취굴주 (聚窟洲)의 열 섬이 있는데 자취가 끊어진 곳이라고 한다. -「해내십주 기(海內十洲記)」

3. 봉래·방장·영주의 삼신산이 발해(渤海) 가운데 있다고 한다. 여러 신선과 불사약이 모두 그곳에 있고, 온갖 새와 짐승들도 모두 하얗다. 황금과 은으로 궁궐을 지었는데, 도착하기 전에 멀리서 바라보면 마치 구름 같다. -『산해경』「해내북경(海內北經)」

4. 학창의는 빛이 희고 소매가 넓으며, 가장자리를 흙색으로 꾸민 웃옷 인데 선비가 입었다. 학의 깃털로 만든 웃옷도 학창의이다. 남자로 태 어나지 못했기에, 또 내세에서 신선이 된 뒤에나 입을 옷이기에, 여자 로 태어난 이 세상에서는 필요없다는 탄식이다.

記夢

林風聲淅瀝， 山月光皎潔.
江天綠雲長， 庭樹白露結.
主人坐無眠， 孤燈耿不滅.
撫念平生事， 積恨儔與匹.
生爲巾幗身， 風霜自奔汨.
晝宵常蹙蹙， 六旬如一日.
立揚本無路， 事業況可必.
家道縱零替， 先業焉繼述.
且以匹婦視， 猶有一身吉.
人皆有夫婦， 我獨無家室.
人皆有子女， 我則只親姪.
萬念從輾轉， 中心如有失.
偶成南柯夢， 蝴蝶化園漆.
飄然遺世去， 幻此烟火骨.
十洲暫翶翔， 三山到倐忽.
嫦娥携我手， 織女贈我橘.
五雲玲瓏處， 嵬然紫金闕.
瑤草春可燐， 瓊花香有秘.
俄到玉皇前， 拜稽心惶慄.
皇曰爾松雪， 塵劫倘已畢.
有懷言無隱， 有冤訴之悉.
松雪俯而泣， 不能開屑舌.

皇曰爾松雪，　止泣聽朕說.
爾懷或難奏，　爾寃或難雪.
松雪默無言，　雙眼淚不絶.
滂沱濕衣巾，　不覺聲嗚咽.
皇曰爾之泣，　亦可究情曲.
爾懷朕已度，　爾寃朕已燭.
乃命諸仙女，　起余親見面.
又招諸仙童，　饗余親腸饌.
皇曰爾松雪，　萬劫桑海變.
爾復降人間，　朕且召而見.
御手眂二箱，　暖香玉座遍.
松雪再拜受，　退出廣漢樓.
復從去時路，　歸家如鞭電.
會我諸昆秀，　誇恩共欣忭.
忙手開二箱，　皜皜心目眩.
一箱鶴氅衣，　一箱白羽衣.
松雪忽驚歎，　皇恩謬至此.
二物雖云好，　現生用烏是.

내 뜻을 읊다

대나무 꺾어 지팡이 삼고
승검초 잘라 적삼 만들리라.
훌쩍 세상 버리고 떠나
동정호에서 돛배를 두드리리라.

言志

截竹爲余杖, 剪薜爲余衫.
飄然遺世去, 洞庭扣一帆.

이한모가 석물 다듬는 것을 보며

  - 이때 나는 선산의 석물 공사를 하고 있었는데, 모두 이 사람
    에게 맡겼다.

훌륭한 석공이 돌을 쪼아내니
차츰 빛나는 모습이 보이네.
군자의 덕을 스스로 닦으려면
이같이 쪼고 갈아야겠지.[1]

觀李漢模治石
    －時余先山石役專託此人

良工椎鑿下, 漸看有光華.
自修君子德, 曾比琢而磨.

■

1. 저 기수 물굽이를 바라보니
   푸른 대나무 우거져 있네.
   빛나는 군자시여
   깎고 다듬은 듯
   쪼고 간 듯하시네.
   의젓하고 당당하시며
   빛나고 훤하시니,
   아름다운 우리 군자를
   내내 잊을 수 없어라.

   瞻彼淇奧, 綠竹猗猗.
   有匪君子, 如切如磋, 如琢如磨.
   瑟兮僩兮, 赫兮咺兮.
   有匪君子, 終不可諼兮. ―『시경』「기욱(淇奧)」

이 시에서 절차탁마라는 숙어가 나왔는데, 석공이 옥을 갈고 닦듯이 군
자가 덕을 닦는다는 뜻이다.

吳孝媛

【상 편】

오시선(吳時善)의 딸인
오효원(吳孝媛, 1888~?)의 호는
소파(小坡)인데, 아홉 살에 서당에서
천자문을 배우고 열하루 만에 한시를 지었다.
의성군에서 열리는 백일장에 장원하고,
열네 살에 서울로 올라와 신교육과
한문을 함께 배웠다.
9세에 처음 지은 시부터 1908년 일본에
가기 전까지 지은 시들이 상편에 실려 있다.

아홉 살에 입학하고 짓다

1.

우리 나라 풍속이 언제부턴가
아들만 귀중했지 딸은 안 그랬는데,
한 편의 천자문을
아홉 살 서당에서 배웠네.

九歲入學後作 三首

國俗自何時, 重男不重女.
一篇千字文, 九歲學於序.

2.

임금과 스승과 아버지는 한 몸이라고
책에서 읽고는 바로 알았어요.
스승님 엄하기가 마치 장수 같아
분부가 내리면 어기지를 못하네.

其二

一體君師父, 書中乃得知.
函筵嚴若帥, 唯命敢無違.

3.

당년에 이름을 쓰고
돌아치며 오언 성을 점령하였네.
한 무리 동창들과 어울리니
모두들 날더러 슬기롭다네.

其三

當年記姓名, 旋占五言城.
一隊同窓伴, 謂吾慧竇明.

가을날 여러 가지를 읊다

1.
내가 붓을 잡은 뒤부터
배움의 바다에 빈 배를 띄웠네.
가을이 깊어지자 낮에 문 닫아걸고
그윽한 새소리를 한가롭게 듣네.

秋日雜詠 三首·1

自吾操筆後. 學海泛虛舟.
秋深晝掩戶, 閒聽鳥聲幽.

2.

책상 마주하고 한참 읊조리는 사이에
가을 해가 기우는 것도 알지 못했네.
서산에는 나무에 단풍 들고
동쪽 울타리엔 국화 노랗게 피었네.

其二

對案沈吟久, 不知秋日斜.
西岳丹楓樹, 東籬黃菊花.

가을밤에 모여서 시를 짓다

1.

이슬이 희고 바람도 맑은 밤에
소나무 가지 끝에 달이 오르네.
열여덟 어린 글벗들이
오언 칠언 시를 낭랑하게 읊는다네.

秋夜會吟 二首・1

露白風淸夜, 松梢月上時.
十八兒童伴, 朗吟五七詩.

2.

이곳에서 가을을 즐겁게 맞으니
푸른 하늘에 기러기 그림자가 흐르네.
삼경이라 깊은 밤에 종소리도 스러지니
시인들은 함께 다락에 오르네.

其二

此地好逢秋. 碧天鴈影流.
鍾落三更夜, 詩人共上樓.

그윽한 곳에 살면서

1.
작은 연못에 가을 물이 깊어
거기에 내 마음을 비춰 보았네.
푸른 오동나무가 뜨락 가녘에 있어
바람이 불어오자 자연의 거문고가 되었네.

幽居卽事 四首·1

小塘秋水深. 照此鑑吾心.
碧梧庭畔在, 風動自然琴.

2.
하늘빛이 물처럼 파란데
기러기가 남쪽으로 울면서 가네.
집모퉁이를 거닐면서 시를 읊다보니
지는 달이 성 서쪽에 걸렸네.

其二

天光碧似水, 鴻鴈向南啼.
沈吟步屋角, 落月掛城西.

아버님 생각

1.
아버님께서 빠른 말을 타시고
어제 동래로 떠나셨네.
천리길 아득하니
제발 평안히 돌아오세요.

思親 五首·1

家親乘駿馬, 昨日去東萊.
迢迢千里路, 只願平安來.

2.

아버님께서 천리 길 떠나실 때는
가을바람이 불어왔었지.
봉래산[1] 경치가 끝없이 좋다니
자루에 가득 시를 싣고 돌아오시겠지.

其二

家親千里去, 又是秋風時.
蓬萊無限景, 應載囊中詩.

<hr />

1. 동래의 '래(萊)'자가 봉래(蓬萊)의 '내(萊)'자와 같으므로 봉래산 경
치를 말했다.

3.

어머니와 딸 오누이 모두
한 방에 모여 함께 지내네.
기러기는 날아서 어디로 가나
내 마음은 바로 동래에 가 있네.

其三

母女與男妹, 起居一室中.
鴻鴈飛何處, 我懷正在東.

4.

좋은 소식이 어찌 오래도록 오지 않나.
기러기만 바라보지만 소식은 드물어라.
발을 걷고 앉아서 먼 하늘 바라보니
아침해가 어느새 저녁노을 되었네.

其四

緣何久不歸, 望望鴈書稀.
捲簾憑遠坐, 朝日又斜暉.

5.
혼자 앉아 지새니 새벽닭이 우는데
마음은 멀리 동해 바닷가를 헤매네.
아버님과 오래도록 헤어져 있노라니
저절로 내 허리가 가늘어졌네.

其五

獨坐曉鷄初, 心馳東海遙.
父女久離別, 自然纖我腰.

밤중에 앉아서

1.
서재에는 티끌세상의 일이 없어
등불이 저녁노을을 이어 밝히네.
어린 계집종이 내 뜻을 잘 알아
밤 깊도록 사립문을 닫지 않네.

夜坐 三首·1

書屋無塵事, 殘燈繼夕暉.
少婢知余意, 夜深不掩扉.

2.
성남의 가을밤이 고요해
발 안에는 등불 하나만 밝구나.
막걸리는 봄기운을 움직이고
노란 국화는 가을 향내를 내네.

其二

城南秋夜靜, 簾幕一燈明.
紅醪春氣動, 黃菊晚香生.

3.

문 닫고서 옛책을 읽으니
책 속에 나의 스승이 있네.
수향이는[1] 무엇을 보는지
밤마다 달이 밝기만 기다리네.

其三

閉門讀古書, 書中有我師.
秀香何以見, 夜夜月明期.

■
1. 수향이는 오촌 조카아이의 이름이다. (원주)

새벽에 일어나서 책을 읽다

맑은 새벽에 일어나 머리 빗으니
오직 책을 읽으려는 마음에서라네.
책 속에 옥 같은 사람이 있으니[1]
문을 굳게 닫는 것쯤이야 어찌 꺼리랴.

曉起讀書

淸晨起梳洗, 只是讀書心.
卷裡人如玉, 何妨閉戶深.

■
1. 송나라 진종황제의 「권학문」에 "아내를 얻으면서 좋은 중매장이 없
다고 한탄하지 마라. 책 속에 옥같이 고운 여인이 있다 [娶妻莫恨無良
媒, 書中有女顔如玉]"라고 하였다.

한겨울밤의 모임

1.

약속이나 한 듯 함께 만나서
제목이 나오자 여러 편 지었네.
시 쓰는 종이는 눈처럼 흰데
잘 되고 못된 게 한 가지에 있네.

仲冬夜會 二首·1

相逢若有期. 題罷數篇詩.
蕉箋明似雪, 龍蛇筆一枝.

2.

황량히 낡은 돌방에
파르스름한 등불이 밝구나.
그대와 함께 한 곡조 읊노라니
눈썹 같은 달이 서쪽 성에 걸렸네.

其二

荒凉古石室, 半穗靑燈明.
與君歌一曲, 眉月掛西城.

부질없이 읊다

해 저무니 봄이 가까워
먼저 찾아드는 게 흰 눈꽃일세.
서재에는 다른 일 없어
늦게까지 책 읽다 집으로 돌아가네.

謾吟

歲暮春將近. 先從見雪花.
書樓無外事, 讀罷晚歸家.

석아가 술을 가지고 오다

내 동무 석아가 쓸쓸하고 울적해
춘성에서 술 가지고 찾아왔네요.
취하도록 마신 뒤에 노래 높이 부르니
하늘과 땅도 술잔처럼 작아지네요.

石我載酒來

石友憐治寂, 春城載酒來.
醉後高歌發, 乾坤小似盃.

용암시사에 모여서

2.

시단에서 깃발을 드니
봄빛도 시인들을 따라오네.
시끌벅적한 마루에 시 짓는 이야기 벌어지자
차례대로 술잔 돌리지 않고 마구 따르네.

龍岩社雅集　十二首·其二

騷壇旗鼓動, 春色逐人來.
哄堂詩話席, 亂酌無巡盃.

8.

이끼 덮힌 길을 누구 위해 쓸었던가.
시선들이 모인다고 기약이 있었네.
막걸리에선 맑은 시운이 생겨나고
뉘엿뉘엿 저녁노을도 아름다워라.

其八

苔逕爲誰掃, 詩仙會有期.
濁酒生淸韻, 可愛夕陽遲.

봄날 들길을 가며

어린이 두세 친구가
문을 나서자 더욱 흥겨워졌네.
입으로는 버들피리를 불고
머리에는 진달래꽃을 꽂았네.

春日郊行

童子二三伴, 出門興轉加.
口吹楊柳笛, 頭揷杜鵑花.

서울에 들어가다

내 나이 겨우 열네 살인데
호사다마를 만나서 깜짝 놀랐네.
거문고와 책들을 모두 층층이 묶어 놓고서
감발을 싸매고 서울로 올라왔네.

入京 壬寅, 父親在京師縲絏, 余千里相赴[1]

年甫十之四. 驚逢好事魔.
琴書都束閣, 裹足赴京華.

봄날 여러 가지를 읊다

2.

발을 반쯤 걷으니 봄비가 싸늘한데
버들가지 천 가닥이 손님을 전송하네.
삼당시[1] 오언 칠언을 다 읽고 나자
그제야 붉은 해가 난간 위로 올라오네.

春日雜詠 二首 · 其二

半簾春雨動微寒. 楊柳千絲送別離.
讀罷三唐五七句, 一竿紅日上闌干.

■
1. 당나라 시를 발전단계에 따라 세 시기로 나누었다. 즉 초당(初唐) ·
성당(盛唐) · 만당(晚唐)의 세 시기이다. 또는 성당을 성당과 중당(中唐)
으로 다시 나누어서 네 시기로 구분하기도 한다. 두보와 이백이 활동하
던 시기가 바로 성당이다.

봄밤에 술을 마시며

해가 서쪽에 지고 달빛 뜰에 가득하자
옥 같은 님과 마주앉아 한 잔 술 해맑구나.
티끌세상 청춘은 물 흐르듯 가버렸으니
누가 그랬던가. 신선은 늙지 않는다고.

春夜小酌

日落咸池月滿庭. 玉人相對一樽淸.
黃埃滾滾靑春去, 誰是天仙不老形.

기생 금옥에게 장난삼아 지어주다

옥 같은 가야금 비단실로 매어 소리 맑구나.
붉은 촛불 아래 금빛 술동이로 손님을 모시네.
달도 지고 종소리도 스러져 손님이 떠나고 난 뒤
그 속에 담긴 심사를 누가 알아 주랴.

戲贈妓錦玉

玉琴淸絶錦爲絲. 紅燭金樽對客時.
月落鍾殘人去後, 箇中心事有誰知.

백일장에 올라

-무술년(1898) 여름이다.

열 살 소녀가 처음으로 문장을 찾아
당돌하게도 백일장에 나갔네.
다행하게도 어지신 서태수를 만났기에
동그라미를 치며 나를 불러 장원랑이라네.

登白日場

少娥十歲始尋章.　唐突能臨白日場.
幸値徐公賢太守,　貫珠呼我壯元郎.[1]

■

1. 이듬해(1898) 여름에 효원이 붓을 잡고 본군(의성군)과 의흥읍 백일
장에 나갔는데, 이름이 첫머리에 걸렸다. 태수 선생이 한번 만나본 뒤
에 도문에다 이렇게 방을 붙였다. "열살 여자 아이의 글이 참으로 뛰어
나니, 여러 학생들은 한번 보라." 특별히 상을 내리자, 이때부터 그의
이름이 멀리까지 퍼졌다. - 아버지 몽금옹의 서문에서

서울로 가다

혼자서 넘어져가며 서울로 들어섰지만
사방에 친척 없으니 누가 얼굴을 알아주랴.
일은 큰 데다 재주 없으니 대책이 전혀 없어
눈물을 막지 못하고 날마다 줄줄 흘렸네.

赴京師　壬寅事, 註見上[1]

單身顚倒入長安. 四顧無親孰解顔.
事巨才疎全沒策, 不禁涕淚日潺潺.

희재 이판서에게 드리다

인간 세상에 태어나 황금 귀한 줄 처음 알았지만
지금같이 효성 부족해 한스러웠지요.
어린 계집이 전생의 빚 갚을 계책 생각했는데
산 부처님 같은 어르신께서 구제해 주셨지요.

呈希齋李判書

人間始識貴黃金. 只恨如今不孝忱.
釋娥計脫前生債, 活佛應存普濟心.

* (이름은) 이유인(李裕仁)인데, 당시 경무사(警務使)였다. (원주)
 이유인은 1894년에 함경남도관찰사, 1898년에 법부대신이 되었으며,
1899년에 경무사가 되었다. 1900년에 을미사변을 일으킨 일본을 규탄
하는 시무15조를 올렸으며, 1902년에 한성부판윤과 경무사를 역임하
였다. 1904년에 중추원부의장이 되었으며, 보안회(輔安會)를 조직하고
부회장이 되어 국권회복운동에 앞장섰다.

계정 민대감에게[1] 화답하여 올리다

1.

시회에서 헤어진 뒤에도 환한 모습 기억나
보고픈 마음 아득해 꿈속에서도 떠오릅니다.
아름다운 시 받들어 읽노라면 마음까지 상쾌해져
당나라 시인의 풍모를 다시 보는 듯합니다.

和呈桂庭閔輔國 三首 · 1

詩筵一別記華容. 神思悠悠惱夢中.
奉讀瓊章牙頰爽, 如今復見大唐風.

■
1. (민보국의 이름은) 영환(泳煥)이다. (원주)
민영환(1861~1905)의 자는 문약(文若), 호가 계정인데, 호조판서 민겸
호의 아들이다. 호조, 병조, 형조판서를 역임한 뒤에 1896년 러시아황
제 니콜라이2세 대관식에 참석하며 세계일주를 하였다. 내부, 군부, 참
정, 탁지부, 학부, 외무대신을 두루 역임했으며, 일본의 내정간섭에 항
거하다 친일내각에 의해 시종무관으로 좌천당했다. 1905년에 을사조약
이 강제로 체결되자 조약을 파기하라고 두 차례 상소한 뒤에 유서를
남기고 자결하였다.

3.
어떻게 하면 바람 없고 비도 안 오는 시절이 되어
일년 내내 온갖 꽃 마주하며 살 수 있을까요.
거문고와 책, 벗과 술까지 모두 갖춘 곳에서
정자에 함께 올라 이야기 나누고 싶습니다.

其三

安得無風不雨時. 一年長對百花枝.
琴書朋酒雙兼地, 願上名樓共話遲.

봄을 보내던 날 삼청동 구로시회에 나가다

　-이때 해사 김성근 판서와 유하 김종한 판서, 계정 민영환 보국
(輔國)[1], 동농 김가진 판서, 금래 민영소 보국, 석운 박기양 판서,
이건하 판서, 시남 민병석 판서, 하정 여규형 승지가 바로 구로(九
老)였는데, 향산회(香山會)를[2] 본받고 있었다. 감히 여자의 몸으로
끝자리에 끼었다.

아홉 늙은 시선께서 한 자리를 열어
삼청수로[3] 술을 빚고 자하배에 따르셨네.
평생 동안 오직 시인의 자태만 지녔기에
눈썹 화장도 못하고 엎어지면서 달려왔지요.

餞春日赴三淸洞九老詩會

時海士金判書聲根·遊霞金判書宗漢·桂庭閔輔國泳煥·東農金判書嘉
鎭·琴來閔輔國泳韶·石雲朴判書箕陽·李判書乾夏·詩南閔判書丙奭
·荷亭呂承旨圭亭, 是爲九老, 郊香山會, 而敢以女士忝末焉.

九老仙同一座開. 三淸水釀紫霞盃.
平生只有詩人能, 不畵蛾眉顚倒來.

■
1. 보국숭록대부의 준말인데, 정1품이다.
2. 당나라 시인 백거이(白居易)가 벼슬을 그만 두고 하남성 낙양현의
옛집으로 돌아오자, 호고(胡杲)·길민(吉旼)·정거(鄭據)·유진(劉眞)·
노진(盧眞)·장혼(張渾)·적겸모(狄兼謨)·노정(盧貞) 등의 노인들이 모
여 교유하였다. 이 모임을 구로회라고도 하고, 백거이의 호를 따서 향
산회라고도 했다.
3. 삼청동 석벽 위에 감사 이상겸(李尙謙)의 글씨로 '삼청동문(三淸洞
門)' 네 글자가 새겨졌는데, "산이 맑고 물이 맑고 사람이 맑다"고 해
서 붙여진 이름이라고 한다. 이 시에서는 삼청동 맑은 물로 술을 담았
다는 뜻이다.

빚을 갚고 나서

우리 집 묵은 빚이 정녕 가볍지 않아
감옥에[1] 깊이 들어앉아 이름 감추고 사셨네.
장안에 활불(活佛)이 많아 많은 도움을 입었기에
걱정스런 구름과 겁나던 비가 한꺼번에 개었네.

事濟後感吟

吾家塵債政非輕. 深入圓扉隱姓名.
賴有長安多活佛, 愁雲惻雨一時晴.

■
1. 주나라 때에 감옥 구조가 둥글게 둘러싼 형태였으므로 환토(圜土)라
고 불렀으며, 환토의 문을 원비(圓扉)라고 하였다. 나중에는 감옥을 뜻
하는 말로 쓰였다.

강머리에서 사람을 보내며

외로운 마음은 아득한데 강물은 저 혼자 흘러
동풍이 비를 몰아다 주며 가벼운 배를 띄우네.
고기잡이 피리 소리만 들리고 사람은 어디 갔는지
서글피 머리를 돌려 갈매기에게 물어보네.

江頭送人

黯黯孤懷水自流. 東風吹雨送輕舟.
數聲漁笛人何處, 回首怊然問白鷗.

【중 편】

중편에는 1908년 명신여학교를 설립하는 비용을
모으기 위해 일본에 갈 때 지은 시부터 중국에서
귀국한 직후의 시까지 실려 있다.
동아시아 삼국을 오가며 당대의 공통문자였던
한자를 가지고 신문에 기고하거나 한시를 지어
한문학의 재주를 한껏 펼치던
모습이 그려져 있다.

명신여학교를 창립하기 위하여 동경에 가다
– 무신년(1908) 3수이다

1.
여학교를 마음에 두고 애쓰다가
학교를 세워 명신이라고 이름하였네.
유지할 계획이 전혀 없기에
동쪽으로 바다 건너는 사람 되었네.

爲明新女學校創立事入東京　戊申　三首

留心女學界, 設校號明新.
全沒維持策, 東爲渡海人.

2.
곧바로 동경을 향해 갔지만
처음 생각대로는 일이 되지 않았네.
여러 가지로 생각해봐도 얻는 것이 없으니
유학하면서 세월만 자꾸 보냈네.

其二

直向東京去, 初心與事違.
萬般思不獲, 留學送多時.

3.

이등박문[1]을 만나서 의논했더니
동경으로 가라고 날더러 권하였네.
휘호대회가 있다고 들었다면서
직접 소개장을 써서 멀리 보냈네.

其三

伊藤春畝公, 勸我入東京.
聞有揮毫會, 親書遠寄名.

---

1. 이토 히로부미(伊藤博文)의 아명(兒名)은 도시스케(利助)인데, 나중
에는 슌스케(俊輔, 春輔, 舜輔)로도 소리 나는 대로 썼다. 슌보(春畝)나
창랑각주인(滄浪閣主人) 등으로도 불렀으며, 조선에서는 춘무공(春畝公)
이라 쓰기도 했다.

교회에 들어가 세례를 받고

1.

스스로 야소교에 들어가
공손히 세례를 받았지요.
진리가 여기 있음을 대강 알았으니
한평생 마음을 바쳐 믿겠어요.

入耶蘇敎受洗禮　二首·1

自入耶蘇敎, 恭承洗禮行.
粗知眞理在, 從心信一生.

■
* 동경 유학생이던 남편 신해영이 평소에 입교하기를 권하였다.

2.

절제하여 하늘의 이치를 지니려고
일찍이 공자와 맹자를 배웠지요.
신구약 성경을 자세히 살펴보니
그 이치 따로 있는 게 아니네요.

其二

遏欲存天理, 曾知孔孟書.
細究新舊約, 不是別鋪舒.

히로시마에 와서 예비신문사에 보내다

우리나라는 교육에 어두워서
여자들은 아직도 깨지 못하였지요.
기금도 예산도 없이
학교를 세워 경영하기 시작했답니다.
멀리서 지금 바다 건너 왔으니
여러분께서 찬성하여 도와주시길 바랍니다.
서로 도와주는 형세가 되니
참으로 화목하기가 형제 같네요.
바라건대 도움과 은혜를 입어
조그마한 정성이라도 나타내고자,
앞길이 트이어 성과 있으리라고
붓을 들어 맹세합니다.

抵廣島縣贈藝備新聞社

吾邦昧敎育, 女子末開明.
基金無豫算, 設校始經營.
遠我今來渡, 冀公好贊成.
形勢依脣齒, 湛和似弟兄.
願蒙一助惠, 敢露寸心誠.
前頭發達效, 擧筆指爲盟.

신해영씨[1] 죽음에 통곡하며

남편 죽음에 통곡하며 누군들 아프지 않으랴만
내 눈물이 가장 슬프고도 아파라.
동경 감독부에서
진중하게 송별을 했었지.
새 가을에 서로 만나자 약속하고
팔월쯤에 수레를 돌렸었지.
서울에 머무는 동안에도
편지로 평안하다고 알려왔었지.
동경에 가을바람이 불자
잠시도 헤어져 있지 못하겠다고,
손꼽아 돌아갈 날을 헤아리며
잠도 이루지 못했었다지.
동경서 떠날 무렵에 편지를 부쳐
여행길에 오른다고 날더러 알렸었지.
먼지 쌓인 침상을 다시 닦으며
손 모아 환영할 계획까지 세웠지.
시모노세키에 어떤 흉악한 귀신이 있어
우리를 이승과 저승으로 갈라놓았나.
다급한 전보가 날아와
이 한 몸이 꿈속인 듯 놀랐네.
사나흘만 더 있었더라도

의사에게 보여서 살아났으련만,
하물며 임종도 보지 못했으니
이 한을 견디기에는 땅도 오히려 가벼워라.
내 시름이 이처럼 절실하니
그대 유감이야 어찌 말로 다하랴.
모든 일이 구름처럼 헛되게 지나가고
새벽 하늘에는 지는 달만 비꼈네.
내 거문고와 시 솜씨가 치졸하지만
그대 덕분에 이름이 났었는데,
이제 그대를 다시 볼 수 없으니
거문고와 시 솜씨를 누가 칭찬해 주려나.
거문고 줄을 끊고 붓도 묶어 두리라고
이제부터 한 마음으로 맹세하노라.

■

* 『소파여사시집』은 상편, 중편, 하편의 시대순으로 편집되었는데, 중편 안에서 다시 오언절구, 오언배율, 오언고시, 칠언절구, 오언율시, 칠언율시 순으로 편집되었다. 그래서 신해영과 약혼하며 지은 시 앞에 죽은 소식을 듣고 지은 시가 실렸다.
1. 신해영(申海永 1865~1909)의 호는 동범(東凡)이다. 갑오개혁 때에 관비 유학생으로 일본에 가서 게이오의숙(慶應義塾)에 유학했으며, 귀국한 뒤에 보성전문학교 설립에 관여하고 초대 교장이 되었다. 1907년 4월에 재일 한국유학생 감독으로 파견되어 활동하다가, 1909년 9월 동경에서 귀국 도중에 급사하였다.

哭申海泳氏

哭夫孰不痛, 我淚最悲傷.
東京監督部, 珍重送公行.
新秋相贈約, 回車八月頃.
漢城滯在日, 書信報安平.
江戶秋風起, 不堪暫別情.
屈指歸期待, 假眠眠不成.
自京臨發札, 告我己登程.
塵床更掃灑, 握手計歡迎.
馬關何惡鬼, 遞爾隔幽明.
急電飛如報, 一身夢裡驚.
若過二三日, 診醫可救生.
臨終況不見, 此恨地猶輕.
我懷如是切, 君憾豈無銘.
萬事雲空去, 曉天落月橫.
以我琴詩拙, 賴君稱道名.
君下復相見, 琴詩誰與評.
斷絃又束筆, 從此一心盟.

동경에 이르러 황족부인교육회에 바치다

동양에서 앞선 나라 교육으로 열렸으니
그 가운데서 부인학원이 가장 높아라.
내가 동정받으러 멀리서 온 게 아니라
문명을 빌려서 붓에 실어 가려 한다오.

抵東京呈皇族夫人敎育會

先進東洋敎育開. 婦人學院特崔嵬.
不吾遐棄同情否, 願借文明載筆來.

신해영씨와 동경 공사관에서 약혼하다

-이때 신공은 한국 공사대리로 있었다.

그대와 나는 같은 조국 사람
하늘이 준 인연 덕분에 한 집안으로 맺어졌네.[1]
금슬이 조화롭게 어울리니
평생토록 이 몸을 그대에게 맡기리라.

與申海永氏約婚於東京公使館
時公爲韓國公使代理[2]

君我同爲故國人. 天緣又是結失陳.
調琴理瑟和而順, 誓向平生托此身.

■
1. 원문의 주진(朱陳)은 중국 강소성 풍현(豊縣)에 있는 마을 이름인데,
주씨와 진씨가 함께 살면서 대대로 혼인하였다. 그래서 두 집안이 결혼
하는 것을 결주진(結朱陳), 또는 주진호(朱陳好)라고 하였다.
2. 이때 신공은 한국 공사대리로 있었다. (원주)

신해영을 보내고 귀국하기를 기다리며

이 몸은 그대가 귀국하기에만 얽매여
아침마다 손꼽아 돌아올 날을 헤아리네.
행여나 즐거운 소식이 배편으로 오는지
강가로 달려나가서 멀리 바라본다오.

送申海永歸故國有待

身繫公行故國歸. 朝朝屈指數回期.
適來喜見登船報, 走向江頭遠望之.

시모노세키에 이르러 약혼자가 병으로 죽었다는 소식을 듣고

해괴한 말이 전보로 날라드니
아침에 온 궂은 소식 이를 어찌하랴.
세상에 성이 무너지는 아픔이야[1] 얼마간 있겠지만
그 누군들 나처럼 만사가 어긋나랴.

至馬關病亡訃來

極怪言歸與電違. 朝來惡報此何爲.
世間多少崩城慟, 其孰如吾萬事非.

■
1. 진시황 때에 제나라 범기량(范杞梁)이 만리장성을 쌓으러 부역을 나
가자, 그의 아내 맹강녀(孟姜女)가 겨울옷을 만들어 남편이 일하는 곳
으로 가져갔다. 그러나 남편은 이미 죽은 뒤였다. 강녀가 성 아래에서
통곡하자, 성이 무너지면서 기량의 유해가 나타났다고 한다. 그 뒤부터
이 말은 정절이 굳은 여인을 뜻하는 말로 쓰였다.

통곡하며 만사를 짓다

만리 먼 나라에서 처음 인연을 맺어
우연인가 했더니 하늘이 정한 인연이었지.
하늘이 맺어준 인연이라면 어찌 이다지 빠른지
일년도 채 못되어 급하게 끊어졌네.

哭輓

萬里殊方始結緣. 不曾偶爾卽天緣.
如其緣也何其速, 不到周年遽斷緣.

스스로 의심하며

내 믿는 바를 믿는 사람 아무도 없으니
나까지도 믿지 못하고 나를 의심해보네.
나까지 이와 같으니 남들이야 어찌 믿으랴
다음부터는 남을 탓할 게 아니라 다만 나를 한탄하리라.

自疑

所恃無人所恃吾. 吾猶無恃亦疑吾.
吾猶如是人何恃, 不必尤人只恨吾.

아우에게

1.

어버이를 몇 해나 떠나 혼정신성을[1] 걸렀으니
부모를 모시지 못하는 그 마음[2] 얼마나 괴로우랴.
박봉의 벼슬아치 생활에 몸이 매인데다 병까지 생겼으니
가여워라 그대여! 이러지도 저러지도 못하겠구나.

寄舍弟 國泳 二首
戊午, 國泳出宰利原 離家久, 而兼有身病, 故作此以寄懷.[3]

離親數載闕昏晨. 風樹其情亦苦辛.
薄宦縻身身又病, 憐君今作兩難人.

■
1. 『예기』에 "혼정이신성(昏定而晨省)"이라고 하였다. 저녁에는 어버이
의 잠자리를 보살펴드리고, 아침에는 어버이에게 문안을 드리는 일이
다.
2. 원문의 풍수(風樹)는 "나무가 고요하게 있으려고 해도 바람이 그치
지 않고, 자식이 어버이를 모시려고 해도 어버이는 기다려 주지 않는다
[樹欲靜而風不止, 子欲養而親不待]"라는 구절에서 나왔다. 자식이 어버
이를 효성껏 봉양하려고 하였을 때에는 어버이가 기다리지 못하고 이
미 돌아가셨기 때문에 뒤늦게 탄식한다는 뜻이다.
3. (아우의 이름은) 국영이다. 무오년(1918)에 국영이 이원 군수로 나
가게 되었는데, 집을 떠난 지 오래된 데다 아울러 몸에 병까지 생겼다.
그래서 이 시를 지어 회포를 부친다. (원주)

2.

집에서 오는 편지를 받을 때마다 미친 듯 기뻐했다지.
두 분 어버이께선 여전히 평안하게 잘 주무시고 잘 드신다.
바라건대 오늘 마음속으로 빌기는
묵은 병이 말끔하게 나아서 남들처럼 건강하거라.

其二

每奉家書喜欲狂. 兩庭寢飯尙安康.
願言今日心中祝, 宿病醒醒健如常.

송경에서 옛날을 생각하며

1.

만월대 앞에는 거친 풀만 어울어져
슬픈 피리 소리가 비낀 햇살에 흐느끼네.
충신의 푸른 피가 가을비에 비린내 나니
오래도록 행인들에게 남몰래 애가 끊기게 하네.

松京懷古 三首

滿月臺前荒草合, 數聲哀笛咽斜陽.
忠臣碧血腥秋雨, 長使行人暗斷腸.

■
* 개성의 옛이름이 송도인데, 흔히 송경이라고도 불렸다.

3.

가을바람에 말을 세우고 한바탕 노래 부르니
선죽교 흘러내리는 물은 아직도 물결이 이네.
오백 년 동안 화려하던 곳에
지금은 오직 흰 구름만 지나가누나.

其三

立馬秋風一放歌. 竹橋流水尙餘波.
五百年間華麗地, 至今惟有白雲過.

촉석루에 올라

촉석루에 홀로 오르니 마음 무겁디 무거워라.
적막한 산하에 옥 같은 얼굴 묻혔구나.
우뚝 선 층층 바위가 충절을 표창하니
누군들 여기에 와 공손치 않으랴.

登矗石樓

矗樓獨上意重重. 寂寞山河瘞玉容.
屹立層巖旌忠節, 幾人到此敢不恭.

심양 대서관 밖에서 삼학사를[1] 조문하다

내 이곳에 찾아와 홀로 배회하며
눈물 뿌려 충신의 혼을 불러도 돌아오지 않네.
나라는 비록 작지만 사람은 컸으니
공들을 위해 술 한 잔을 부어 바치네.

瀋陽大西關外弔三學士

我來此地獨徘徊. 淚灑忠魂招不回.
國雖偏小人偏大, 酌酒爲公薦盃杯.

1. 병자호란 때에 청나라와 화의를 끝까지 반대하다 청나라 수도 심양
까지 끌려가 처형당한 충신 세 사람을 가리킨다. 평양서윤 홍익한(洪翼
漢 1586~1637), 교리 윤집(尹集 1609~1637), 오달제(吳達濟 1609~
1637) 세 사람이 봉림대군과 함께 끌려갔다가, 끝까지 회유를 거절하
고 서문 밖에서 처형당했다.

만수산에 올라 서태후를 생각하다

측천무후와 나란히 짝할 만하니
달아나 바다에 사는 것도 신들이 인색해 했네.
손을 휘둘러 천지를 뒤엎었으니[1]
오늘의 비바람이 누구와 관련 있겠나.

登萬壽山憶西太后

可與武皇幷作班. 逃生活海悉神慳.
飜覆乾坤在揮手, 而今風雨是誰關.

■

1. 강유위(康有爲)가 1898년에 광서제(光緖帝)의 후원을 받아 무술변법
(戊戌變法)을 시도했지만, 전황제 동치제(同治帝)의 어머니 서태후가
보수세력을 동원해 광서제를 연금하고 개혁세력을 체포하면서 100여일
만에 파국을 맞았다.

봄날 천진의 한국공사관 옛터를 지나며

이권 놓고 대치하던 그 옛날이 떠오르건만
이제는 옛터만 남아 풀과 나무가 가득하구나.
지나간 한스런 일 서글퍼할 것만 아니니
하늘에 비바람 쳐도 달은 둥글어지리.

春日過天津韓國公使館舊墟

利權幷峙憶當時, 惟有舊墟草樹連.
未必悽然過恨事, 天將風雨月將圓.

아방궁 옛터를 지나며

진시황이 대업을 이루고 천년 살리라 생각했으니
웅장하고 화려한 아방궁을 우뚝하게 세웠지.
다섯 길 되는 검은 깃발은 어디쯤에 꽂았을까
지금은 썩은 풀만 남아 반딧불이 날아다니네.

過阿房舊墟

秦皇大業慮千齡. 壯麗阿房立亭亭.
五丈黑旗何處建, 至今腐草但流螢.

정부 관광단과 같은 배를 타고 귀국하다

떨어졌다 다시 만나니 나그네 시름 덜해져
이층 기선 타고 큰 바다 건너는 것도 한결 쉽구나.
며칠 동안 새롭게 보고 들은 것 많건만
일행 가운데 아직도 옛차림이 남아 있네.
섬나라라 비오지 않아도 늘 안개가 많고
봄물에 바람 없어도 절로 춥구나.
이 땅에서 옷깃 맞대 만난 것도 참으로 뜻밖이라
뱃사람에게 분부해 차와 음식을 차리게 했네.

與政府觀光團同舟歸國

萍蓬重合客懷寬. 容易樓船涉遠瀾.
幾日多堪新見聞, 一行猶有舊衣冠.
海天不雨常多靄, 春水無風自動寒.
此地聯襟誠邂逅, 舟人分付進茶餐.

■
* 기유년(1909) 4월이다. (원주)

한운 원공자에게 화답하다

버들개지 눈같이 사람 향해 흩날리는데
동풍이 다 지나도록 나그네 돌아가지 못했네.
철 따라 사물 바뀌니 마음 아파져
고향 동산이 꿈속에 아련하게 보이네.
서생의 빈 주머니 따라 시 지을 마음도 썰렁하지만
공자의 맑은 놀이에는 세속의 일이 드물어,
하늘 끝에서도 내 병을 가엾게 여기시니
이 좋은 날 한 번 웃어넘긴다고 어찌 안되랴.

∎

* 극문(克文)은 원총통(袁總統)의 제2공자이다. (원주)
원총통은 중화민국 제1대 총통 원세개(袁世凱 1859~1916)인데, 임오
군란 때 조선에 파견되어 내정을 간섭하다 청일전쟁이 일어나자 중국
으로 돌아갔다. 1901년 북양대신에 임명되자 북양군을 창설해 정치계
의 주요인물로 등장했으며, 1911년 무창에서 봉기가 일어나자 흠차대
신, 내각총리대신으로 임명되어 진압하는 과정에서 북경에 진격해 군
권을 장악하였다. 청나라 마지막 황제인 선통제(宣統帝)를 퇴위시키고
1913년 중화민국 대총통에 취임하였다. 1915년에 중화민국 연호를 폐
지하고 중화제국 대황제로 칭했지만 민심이 이탈하고 안팎에서 반발을
일으켰으며, 이듬해 병으로 죽었다.

和寒雲袁公子

楊花如雪向人飛. 過盡東風客未歸.
節物傷心徒黯黯, 鄉園入夢謾依依
書生貧窶詩情冷, 公子清遊俗事稀.
賴有天涯憐我病, 良辰一笑亦何非.

항주 서호에 놀며

서호에[1] 와서 서쪽에 놀고 동쪽에 노니
남쪽에 누대 북쪽에 누각이 푸른 하늘에 닿았네.
이름난 산에서 부처께 절하는 인연이 어이 이리 늦었나
길에 가득 향을 사르지만[2] 바라는 것은 같지 않구나.
장사의 무덤은 푸른 풀 속에 깊은데[3]
사람들의 놀이배는 거울 같은 호수에 찍혀 있네.
고려 왕자의 옛 절에[4] 오늘 아침 절하며 보니
유상은 천년 되어도 아직 발그레하네.

■
1. 미인 서시(西施)의 고향에 있는 호수라고 해서 서자호(西子湖)라고
도 불렸다.
2. 중국 선종(禪宗) 10대 고찰 가운데 하나인 영은사(靈隱寺)에는 지금
도 향을 사르며 소원을 비는 사람들이 그치지 않는다.
3. 남송(南宋)의 마지막 충신 악비(岳飛 1103~1141)의 무덤과 사당인
악비묘(岳飛廟)가 서호 서북쪽 언저리에 있다. 서호 가에는 혁명가들
의 무덤이나 동상도 많이 있다.
4. 고려사(高麗寺)의 송나라 때 이름은 혜인사(慧因寺)이다. 송나라에
유학했던 대각국사 의천(義天 1055~1101)이 정원법사(淨源法師)를 따
라 6개월 동안 머물며 중국에는 없어진 불경 7,500권을 기증하고, 귀
국한 뒤에도 불경을 보냈다. 어머니 인예순덕태후까지 이 절의 중창비
용을 시주한 인연으로 이름을 고려사라고 고쳤다. 오효원이 서호를 찾
아갔을 때에는 폐허가 되었지만, 최근에 복원했다.
* 호수 가에 고려 왕(자)의 옛 절이 있다. (원주)

遊杭州西湖

西子湖來西復東. 南臺北閣接蒼空.
名山參佛緣何晚, 滿道燒香願不同.
壯士墓深青草裡, 遊人舟在印鏡中.
麗王古寺今朝拜, 遺償千秋半面紅.

제목 없이

영욕을 다투기에 각기 뛰어나다고 하지만
창황스런 세상사를 마땅하다 말하지 말라.
내 몸이 나비 되지 못해[1] 스스로 한스러우니
긴 여름에 다시 바둑이나 보며 지내네.[2]
분수를 편안히 여기고 기미를 아는 게 참으로 길한 점괘며
몸을 삼가고 수양하는 게 좋은 의사라네.
바라기는 잘 다스려지는 문명의 나라를 만나
내 심신이 그 시대에 살게 하고 싶네.

■
1. 예전에 장주(莊周)가 꿈속에서 나비가 되었다. 훨훨 날아다니는 나
비가 되어, 내가 나비라는 것도 깨닫지 못했다. 그러다가 문득 잠에서
깨고 보니, 나는 엄연히 나비였다. 도대체 장주가 꿈속에서 나비가 된
것일까? 아니면 나비가 꿈속에서 장주가 된 것일까? 장주와 나비 사이
에는 반드시 분별이 있을 것이다. 이것을 일러서 물화(物化)라고 한다.
- 『장자』「제물론(齊物論)」
2. 맑은 강 한 구비가 마을을 안고 흐르니
  긴 여름 강마을엔 일마다 모두 그윽하다. (줄임)
  늙은 아내는 종이에 줄을 그어 바둑판을 만들고
  어린 자식은 바늘 두들겨 낚시바늘 만드네.

  清江一曲抱村流. 長夏江村私事幽. (中略)
  老妻畫紙爲碁局, 稚子敲針作釣鉤. - 杜甫「江村」

無題

競爭榮辱各云奇. 世事蒼黃莫說宜.
自恨此生難化蝶, 只消長夏更看棋.
安分知機眞吉卜, 謹身修養是良醫.
顧逢治化文明國, 使我心神有一時.

감회를 서술해 연경시단의 양임공에게 부치다

한밤중 등불 아래 「추성부」를 읽노라니
지난 일들이 아득히 마음을 뒤흔듭니다.
초목은 삼국의 전쟁에 시들고
산하는 칠웅의[1] 회맹에 찢기었네요.
왕자와 패자 돌아오지 않아 백골만 남았으니
영웅호걸은 어디 있나 창생을 어이 하리오.
성공과 패배도 모두가 묵은 자취
만리장성에는 눈에 가득 바람과 안개뿐이네요.

述懷寄燕京詩壇梁任公

靑燈中夜讀秋聲. 往事悠悠摠憾情.
草木變衰三國戰, 山河分裂七雄盟.
王覇不還餘白骨, 英豪安在奈蒼生.
一籌成敗皆陳跡, 滿目風烟萬里城.

■
* (임공의 이름은) 계초(啓超)이다. (원주)
* 이능화는 『조선해어화사』에서 "이 시는 양계초가 고시관으로 있는 북경 현대시문간행사 내의 연경시단에 응모해 입선한 시"라고 소개하였다.
1. 전국시대 진(秦)·초(楚)·연(燕)·제(齊)·한(韓)·위(魏)·조(趙)의 일곱 나라를 칠웅이라 하였다.

감회를 서술하다

만사를 하늘에 맡겨 가다 또 멈추건만
사람들은 저마다 자기네만 지키네.
개가 미치면 무엇이든 무는 줄 이미 알았지만
가엾구나! 원대한 행위로 다시 무엇을 도모하랴.
민중들이 흩어져 길 잃고 탄식하지만
한마음으로 단결하면 같은 배를 탈 수 있으리.
중국도 근일에는 풍운의 정국이니
몇 사내들이 사슴을 뒤쫓고 있나.[1]

述懷

萬事任天行且休. 人人各守自家流.
己識狗狂無不嚙, 可憐鴻擧復何謀.
大衆分離嗟失路, 一心團結亦同舟.
中洲近日風雲局, 幾個男兒逐鹿遊.

■
1. 당시 중국의 군벌(軍閥)은 무력통일을 추구하던 단기서의 안휘파와
화평통일을 주장한 오패부의 직예파로 양분되어 있었다. 양대 세력은
1920년에 대규모 무력충돌을 벌였고, 그 결과 안휘파가 북경의 정계에
서 일축되었다. - 조훈 『중국근현대사』

【하 편】

하편에는 30대 초반부터
시집을 출간하기 직전까지 지은
시들이 실려 있다.

망남곡

약속을 하고도 님이 어이 늦으시나.
날씨가 추워지고 해까지 떨어지네.
남국의 한이 지리하기만 해
거울 보면서 눈썹만 다듬네.

望南曲

有約君何晚, 天寒落日時.
支離南國恨, 應卓鏡中眉.

구당곡[1]

우리 집이 삼강 어구에 있어
문 앞에는 초땅의 배가 많았죠.
아침마다 문밖에 나가서 봐도
반년이나 인편이 끊어졌어요.

瞿塘曲

家住三江口, 門前多楚船.
朝朝出門望, 半歲絶人便.

멀리 계신 님에게

1.

노란 비단치마에[1] 달빛이 비치면 차마 볼 수가 없어
거울 속의 난새가[2] 혼자 잠자며 밤새 쓸쓸하게 우네.
단산의[3] 우리 님은 한번 가신 뒤 어찌 되셨나.
거문고를 껴안고 뜯으니 꿈속에서 돌아오셨네.

寄遠 二首

月照流黃不忍看. 鏡鸞獨宿夜啼寒.
如何一去丹山侶, 靳把搖琴夢裡還.

■
1. 원문의 유황(流黃)은 황갈색 명주를 가리킨다.
2. 푸른 봉황을 난(鸞)이라고 한다. 난새는 제 짝이 있어야만 기뻐하므로, 짝 잃은 난새가 거울을 보면 춤을 춘다. 그래서 부부 사이에는 난새를 새긴 거울[鸞鏡]을 쓴다.
3. 봉(鳳)새가 단산에 산다.

2.

다정한 척하더니 너무나 무심하셔라.
하루 종일 남부끄러워 소리 못 내고 우네.
님 그리워하는 마음을 사창에 쓰려 했건만
눈물이 뚝뚝 떨어져 글자를 쓰지 못하겠네.

其二

多情恰似惣無情. 盡日羞人泣不聲.
紗窓欲寫相思幅, 淚落班班字未成.

꿈속에 짓다

신선의 명부가 분명히 하늘나라에 있건만
인간 세상에서 사십 년 동안 전생의 인연을 찾았네.
금릉의 자제만 어찌 반드시 물으랴
성 모퉁이의 한 소년을 겨우 찾았을 뿐이네.

夢作

仙籍分明在上天, 人間四十覓前緣.
金陵子弟何須問, 只見城邊一少年.

꿈을 깨고서

어디선가 다듬이질 소리가 멀리 계신 님을 생각나게 하네.
밤새 끊어졌다 이어지며 맑은 새벽이 다가오네.
천리 밖 계신 님께서도 같이 놀라 꿈을 깨시면
그리워 흐르는 눈물이 수건을 반나마 적실 테지.

夢罷

何處擣衣憶遠人. 終宵斷續薄淸晨.
惟君千里同驚夢, 應濕相思一半巾.

유선사

4.

동해부인이 흰 봉새를 타고
연꽃 스물일곱 송이로 인간 세상에 떨어졌네.[1]
조원전 안에서 새로운 조서를 내리시어
난설헌 선녀에게[2] 여진군을 봉하셨네.

遊仙詞 五首·其四

東海夫人駕白鳳, 芙蓉三九落人間.
朝元殿裡傳新詔, 蘭仙封爲女眞君.

■
1. 허난설헌이 마지막으로 지은 시에서 "연꽃 스물일곱 송이[芙蓉三九
朶]가 붉게 떨어진다"라고 했는데, 과연 스물일곱 살에 죽었다.
2. 「유선사(遊仙詞)」 87수를 지은 난설헌을 선녀라고 표현한 것이다.

5.

별모양 달모양 노리개를 딸랑거리며
파랑새가[3] 편지를 물고 자궁으로 찾아왔네.
시녀에게 향각을 치우라 분부하고는
벽도화 아래에서 유랑을[4] 가다리네.

其五

星符月佩響丁當. 靑鳥啣書繞紫宮.
分付仙娥香閣掃, 碧桃花下待劉郞.

■
3. (서왕모의 사자인) 세 마리의 파랑새가 있는데, 붉은 머리에 검은
눈을 가지고 있다. 하나는 이름을 대려(大鵹)라 하고, 하나는 소려(少
鵹)라 하며, 하나는 청조(靑鳥)라고 한다. - 『산해경』「대황서경(大荒西
經)」
청조는 발이 셋 달린 새인데, 서왕모의 사자이다. 요지에 잔치가 열리
면 파랑새가 다니면서 연락하였다. 그 뒤부터는 사자(使者)를 청조라고
도 했다.
4. 유씨 성을 가진 사내라는 뜻인데, 이 시에서는 한나라 무제(武帝)
유철(劉徹)을 가리킨다. 신선을 좋아하여 칠석날 큰 잔치를 벌였는데,
서왕모의 시녀인 청조가 날아온 뒤에 서왕모가 찾아왔다고 한다. 서왕
모가 무제에게 신선세계 이야기를 들려주었다.

창가에서

추위를 이기지 못해 일지매가 시들고
눈이 산에 가득해 앞개울이 얼어붙었네.
밝은 달이 다정하게도 그림자를 옮겨가며
은근하게 사람을 이끌어 난간에 오르게 하네.

玉窓曲

一枝梅瘦不勝寒. 凍合前溪雪滿山.
明月多情移影去, 慇懃扶人玉欄干.

규방의 시름

거울을 보며 눈썹 그리기도 게을러
시누이가 날더러 늙은 할미 같다고 놀려대네.
난간머리에 멍하니 기대어 봄눈을 바라보느라
쪽진 머리에서 옥귀걸이가 떨어지는 것도 줍지 못했네.

閨怨 二首

慵向鏡前畵翠眉, 小姑嘲我老娘姿.
欄頭徒倚看春雪, 不拾雲鬟玉瑱墮.

한

3.

얼어붙은 붓을 입김으로 녹이노라면 열 손가락이 곱아들어
연애편지를 마치지도 못한 채 이불 속으로 뛰어드네.
가엾게도 첫 꿈이 꾸어지자마자
어디선가 종소리가 새벽을 재촉하네.

恨情三関 其三

凍筆呵寒十指直, 戀詞未了急投衾.
可憐初夢纔生脚, 何處鍾樓逼曉音.

정

달빛이 사창에 스치고 꽃기운 따스한데
비단 이불에 향기 적시며 뜻을 서로 주고받네.
무산 운우의 즐거움, 양대의 꿈[1]
인간세상 만 가지 생각을 모두 던져 버리네.

情 三首·2

月襯窓紗花氣暖, 錦衾香漬意相交.
巫山雲雨陽臺夢. 萬念人間盡也抛.

■
1. 예전에 선왕(先王, 초나라 회왕)이 한번은 고당(高唐)에 놀러갔다가
나른해져 낮잠을 자는데, 꿈에 한 부인이 나타나서 말하였다. "첩은 무
산(巫山)의 선녀인데 고당의 나그네가 되었습니다. 임금께서 고당에 놀
러 오셨다는 소식을 들었으니 잠자리를 모시고 싶습니다." 왕이 그래서
그를 사랑하자, 그 선녀가 떠나면서 말하였다. "첩은 무산의 남쪽, 고
구의 험한 산에 있습니다. 아침에는 구름이 되고, 저녁에는 비가 되어,
아침 저녁마다 양대(陽臺) 아래에 있겠습니다." - 송옥(宋玉) 「고당부
(高唐賦)」

거울을 깊이 넣어두며 맹세하다

옥을 새겨넣은 한 조각 거울
깨끗해서 반 점 티끌도 없네.
잘 닦아 함에 넣어 두었으니
늘 쓸고 닦아서 마음에 걸어 두리.
발그레한 얼굴 비추지 않고
흰 머리만 보이니 가여웁구나.
곱고 못난 것이야 어찌 말하랴
내 재주가 미움 받을 만하니.

藏鏡盟

一片玉鏤鏡, 淨無半點埃.
好磨藏蘊櫝, 長掃掛靈臺.
不爲紅顔照, 只憐白髮開.
妍媸何足道, 須我可憎才.

산마을집

개울은 산을 감아돌고 산은 개울을 안아
마을이 백년 동안 산 서쪽에 고요해라.
노란 좁쌀 익은 벼로 가을 경치 한결 좋은데다
부연 노을 짙은 연기가 저녁 하늘에 낮게 깔렸네.
일 없는 강둑에는 소가 누워 쉬고
조용하던 울타리에는 닭이 와서 울음을 우네.
누구 집에선 밭 갈고 베 짜며 누구 집에선 글을 읽으니
시골집에 자라면서도 하는 일은 같지를 않네.

山家

溪抱山回山抱溪. 百年村落靜山西.
黃粱老稻秋光好, 淡靄濃烟暮色低.
無事堤邊儂犢臥, 從容籬落爾鷄啼.
誰家耕織誰家讀, 生長田家業不齊.

서울에서 옛날을 생각하다

2.

삼천리 금수강산은 백 왕의 기전이건만[1]
하늘과 땅에 붉은 무궁화 떨어져 흩날리네.
초나라 요기에 남쪽 대궐 어둡더니
진나라 살기도 이 때에 수그러졌네.
가을바람 부는 파수[2] 가에 황룡은 떠나갔고
날 저무는 함양에[3] 백마도 돌아갔네.
지나간 일 아득해 물을 곳도 없으니
해태 석상만 부질없이 남아 궁을 지키는구나.[4]

■
1. 『주례(周禮)』에 왕도(王都) 사방 천리의 땅을 기(畿)라고 하였다. 경기(京畿)를 기전(畿甸)이라고도 한다. 천리에 관계없이, 도성의 관할 지역을 기(畿)라고도 했다. 서울은 백제 때에 처음 수도가 되었다.
2. 한나라와 당나라 수도인 장안을 흐르는 위수(渭水)의 지류이다. 장안 동쪽 강물 위에 있는 다리가 파교(灞橋)인데, 많은 시인들이 이 다리를 소재로 이별의 시를 지었다.
3. 진나라의 서울인데, 섬서성 장안현의 동쪽에 있었다.
4. 경복궁 광화문 앞에 해태 석상 한 쌍이 서 있었다.

漢城懷古 三首・2

三千錦繡百王畿. 搖落乾坤紫槿飛.
楚國氛妖南闕暗, 秦天殺氣此辰微.
秋風灞上黃龍去, 落日咸陽白馬歸.
往事茫茫無問處, 空留石獬守宮闈.

난설헌의 시에 의작하다[1]

봄바람이 뜻을 알아 발 고리를 떨어뜨리니
가위를 던져두고 느릿느릿 누대에 오르네.
버들피리는 관새의 원한을 새로 더해주고
마름 뜯는 노래는 곡강의[2] 시름을 맑게 노래하네.
거울 속 난새는 화장대 향해 홀로 춤추고
새장 속 새는 세월 흐른다고 부질없이 슬퍼하네.
온갖 맺힌 마음을 어디에 호소하랴
서글피 말 못하고 공후에 의지하네.

擬蘭雪軒韻

春風解意落簾鉤. 起擲金刀懶上樓.
柳笛新添關塞怨, 菱歌淸唱曲江愁.
鏡鸞獨向粧臺舞, 籠鳥空傷歲月流.
百結心腸何處訴, 悄然無語倚箜篌.

■
1. 차운하는 경우에는 운자(韻字)만 따라 짓지만, 의운(擬韻)하는 경우에는 운자는 물론 시의 주제와 분위기까지도 흉내내어 지었다. 이 시는 허난설헌의 시 「손학사의 북리 시에 차운하다(次孫內翰北里韻)」에 의작한 것인데, 허난설헌의 시는 다음과 같다.

> 붉은 난간 발 위로 해가 돋아 오르는데
> 정향 천 송이가 봄 시름을 자아내네.
> 새로 단장한 얼굴을 거울로 보고도
> 깬 꿈이 마음에 걸려 다락에서 내려오질 않네.
> 누가 새장에다 앵무새를 키우나
> 비단 휘장을 드리우고 공후를 타네.
> 곱게 핀 붉은 분꽃 지는 것이 서럽다고
> 은대야(盆)에 성급히 눈물을 씻지 마오.

> 初日紅欄上玉鉤. 丁香千結織春愁.
> 新粧滿面猶看鏡, 殘夢關心懶下樓.
> 誰鎖彫籠護鸚鵡, 自垂羅幀倚箜篌.
> 嫣紅落粉堪惆悵, 莫把銀盆洗急流.

운자의 순서를 바꿔 썼다. 손학사는 당나라 시인 손계(孫棨)인데, 그가 『북리지(北里志)』 1권을 지었다. 당나라 때의 여러 기생·천자·사대부·서민들이 주색 즐기는 이야기들을 기록한 책이다.
2. 곡강은 장안 동남쪽 경치 좋은 곳에 있는 못 이름이다. 이 일대에 궁원(宮苑)들이 많았는데, 안록산의 난 때에 대부분 파괴되고 공경 대부들도 살해되었다.

청천백일기를 축하하다

청천백일기를 맨발로 휘날리니
그 영예와 광채가 천만년 빛나리라.
지시해 북진하니 장작림 달아나고
지휘해 산동 향하니 진각이 둥글어지네.
제왕을 타도하니 용과 봉이 이르고
중화민국 깃발 세우니 핏자국 선명하네.
바라건대 장풍의 힘을 실어 날라
천지를 통일하여 한빛으로 이어질진저.

祝靑天白日旗

白日靑天赤脚翩. 星光赫赫萬千年.
指來直北張胡走, 麾向山東陣角圓.
捲倒帝王龍鳳格, 表旌民國血花鮮.
願言輸得長風力, 打盡乾坤一色連.

세대를 탄식하다

흐린 물결 넘실넘실 욕심 바다가 깊고
탐욕의 비바람은 아직도 음침하구나.
흥하고 망하는 것이 하늘의 운수 아니니
화와 복이 밤의 뇌물에 많이 달렸네.
아첨꾼의 손에 관청 장부가 들어가고
어진 사람 문 앞에는 걸신이 찾아드네.
소부와 허유에게 이런 이야기 듣게 한다면
백 번이나 맑은 물을 떠서 귀와 마음을 씻으리라.[1]

歎世

濁浪滔滔慾海深. 貪風婪雨尙陰陰.
興亡不是蒼天數, 禍福多從暮夜金.
諂客手中官簿入, 賢人門上乞魔臨.
若令巢許曾聞此, 百掬淸流洗耳心.

■

1. 요임금이 고상한 선비 허유(許由)에게 천하를 물려주려고 하자, 허
유가 거절하고 기산에 들어갔다. 더러운 이야기를 들었다면서, 영수(潁
水)의 흐르는 물에 귀를 씻고 은거하였다. 소부(巢父)가 그 말을 듣고
그 물은 더러워 소에게 먹일 수 없다며, 상류로 끌고 올라갔다.

감우

한 평생 금난전에 살기 알맞건만
세상이 어지러워 석 잔 술로[1] 백안시하네.[2]
도사의 옷차림으로 구름 위 학처럼 노닐고
시 짓는 재주로 거울 속 난새같이 헛되게 춤추었네.
막힌 길에서 완적은 통곡할 줄 알았고
여관에서 이백은 억지로 즐거움 찾았으니,
때가 오면 나가고 물러남을 모두 도에 따를 뿐
풍진에 베옷 차갑다고 탄식하지 않으리.

感遇

一生端合住金鑾. 世亂三盃白眼看.
巾服逍遙雲表鶴, 詩才虛舞鏡中鸞.
窮途阮籍能知哭, 逆旅靑蓮强覓歡.
時來進退皆從道, 不歎風塵尺布寒.

■
1. 이백(李白)의 「월하독작(月下獨酌)」에 "석 잔 술이면 커다란 도에
통하고, 한 말 술이면 자연에 합일한다[三盃通大道, 一斗合自然]"고 하
였다.
2. 진(晉)나라 때에 죽림칠현 가운데 한 사람이었던 완적이 상을 당하
였는데, 혜희가 찾아와 문상하자 흰 눈으로 쳐다보았다. 그러나 그의
아우인 혜강이 술과 거문고를 가지고 찾아오자 푸른 눈으로 맞아들였
다. 백안시와는 반대로, 반갑게 맞아들인 것이다.

[부록]

송설당 최씨의 생애

송설당(松雪堂 1855~1939)은 1855년 8월 29일 경상도 김산군 군내면 문산리(현 문당동)에서 최창환과 정씨 부인 사이의 장녀로 태어났다. 본관은 화순이고, 송설당은 그의 호이다. 6세부터 글을 지을 줄 알았는데, 조상의 억울한 누명을 벗기고 가문을 빛내리라 맹세했다. 증조부가 정4품 호군 벼슬을 하다가, 외가 유씨 댁이 홍경래란에 가담했다는 이유 때문에 감옥에 갇혀 억울하게 죽었다. 조부는 정6품 사과 벼슬을 하다가 전라도 고부읍으로 귀양가서, 그가 태어나기 전인 1847년에 역시 억울하게 죽었다. 부친 최창환도 역적에 연좌되었다는 누명 때문에 고향인 평안도 정주에서 살 수 없어, 1850년에 경상도 김산군으로 이사했다.

송설당은 7세 되던 1861년부터 1870년까지 10년 동안 서당 훈장이었던 부친으로부터 한글과 한문을 배웠다. 시인으로서의 자질은 이때 갖춰졌다. 17세 되던 1871년 무렵에 집안의 명예를 회복하고 가문을 부흥시키는 일이 재력에 달렸다는 점을 깨닫고, 39세 되던 1893년까지 근검절약하면서 재산을 모아 자수성가했다.

1886년에 부친이 조상의 한을 풀지 못하고 세상을 떠나자, 아들 없는 집안의 맏딸로서 조상의 억울함을 풀어드리겠다고 다시 다짐했다. 39세 되던 1894년에 결혼도 포기하고 서울로 올라와 누룩골(麴洞)에 거처를 정하고 불교에 귀의해, 국태민

안(國泰民安)과 명예회복을 위해 기도했다. 1897년부터 권문세가의 귀부인들과 사귀다가 엄비(嚴妃)의 인정을 받아 궁궐에 들어가, 고종황제의 왕자인 영왕(英王 李垠)의 보모가 되었다. 예의범절과 한문학적 교양이 왕자의 보모로 적합했던 것이다. 46세가 되던 1901년에 드디어 조상들의 억울한 누명을 벗기고, 무교동에 정착했다.

교육활동과 문집 간행

영왕의 보모 노릇을 하면서 궁궐 및 권문세가로부터 많은 수입이 생기자, 1911년부터 이듬해까지 김해에 500석지기 토지를 사들여 대지주가 되었다. 이때부터 송설당(松雪堂)이라는 호를 쓰기 시작했다. 큰 목적을 위해 결혼도 하지 않고 깨끗한 몸으로 살아가는 자신의 염원을 송설(松雪)이라는 자호에 담은 것이다.

그는 돈을 늘리기 위해 무슨 짓이든지 가리지 않고 해대는 모리배는 아니었다. 1914년에 흉년이 들자 벼 50석을 내어 금산읍 교동 주민들을 구제했다. 1917년에 모친 정씨가 세상을 떠나며 "깨끗한 재산을 육영사업에 쓰라"고 유언하자, 생활비까지 줄여가며 뒷날의 큰일에 대비했다. 같은 해에 김천 공립보통학교와 금릉유치원에 기부금을 내어 구체적으로 육영사업을 시작했다.

송설당이 64세 때에 만해 한용운의 자문을 받아 1919년에 김천 고성산 중턱에 집을 지어, 낮에는 바깥채 취백헌(翠白軒)

에 거처하고, 밤에는 정결재(貞傑齋) 정침에서 잤다.

1922년 12월 1일에 그의 측근들이 『최송설당문집(崔松雪堂文集)』 3권 3책을 간행해, 세계 각국 도서관에 보냈다. 문집 제1권에는 한시 167편(242수)와 산문 4편이 실렸으며, 제2권에는 한글가사 50편, 제3권 부록에는 차운시 160수가 실렸다. 이인(李仁) 변호사를 만나 육영사업에 뜻이 있음을 밝히고, 고향의 사법서사인 이한기에게 법적으로 재산정리를 맡겼다. 그의 부동산이 여러 곳에 널려 있어, 2년이 지난 1928년에야 재산이 다 정리되었다. 1930년 2월 22일에 송설당과 이한기 사이에 재산 기부를 위한 계약이 이뤄지고, 학교 설립을 위해 전재산 30만 2천1백 원을 희사한다는 성명서가 3월 25일 동아일보와 조선일보에 발표되었다. 4월 1일에 김천고등보통학교 후원회가 조직되고, 1930년 5월 9일에 강당이 낙성되어 입학식과 함께 수업이 시작되었다.

그는 84세 되던 1939년 6월 16일에 세상을 떠나면서 유언을 남겼다. "永爲私學하여 民族精神을 涵養하라. 一人이 邦定國이오 一人이 鎭東洋이니, 克遵此道하여 勿負吾志하라!(길이 사립학교를 육성하여 민족정신을 함양하라. 잘 교육받은 학생 한 사람이 나라를 바로잡고, 잘 교육받은 학생 한 사람이 동양을 진압할 수 있다. 이 길을 따라 지키되, 내 뜻을 저버리지 말라.)" 그의 이 뜻을 잘 받들어, 김천고등학교는 지금도 명문학교로 발전하고 있다. 시대의 선구자로, 시인으로, 교육자로, 그는 1900년대 초기 한국교육사 및 한국여성사에 중요한 자리를 차지하고 있다.

오효원의 교육활동과 문학활동

소파(小坡) 오효원(吳孝媛 1889~?)은 1889년 3월 3일에 수양산인(首楊山人) 오시선(吳時善)의 딸로 태어났다. 그 전해인 1888년 4월 어느 날 밤에 어머니가 꿈을 꾸었는데, 한 선녀가 벽도화 한 가지를 주면서 잘 보호하라 말하고 사라지는 태몽이었다. 아버지의 표현에 의하면 그는 "눈이 맑고 눈썹이 빼어났으며 입이 네모지고 귀가 둥그런(目淸眉秀口方耳圓)" 모습으로 태어났으니, 잘 생긴 남자의 기상도 타고난 것이다.

경상북도 의성에서 자란 오효원의 첫 이름은 덕원(德媛)이었으며, 소파라는 호가 널리 알려졌지만 수구(隨鷗)라는 호도 사용하였다. 어려서부터 소꿉장난이나 바느질보다는 붓으로 그림을 그리거나 글씨를 써서 사람들을 놀라게 했다. 여러 사람이 딸로 태어난 것을 아쉬워했지만, 그의 아버지는 아들딸을 구별하지 않고 사랑하였다.

당시까지는 시골에 여자를 가르치는 학교가 따로 없었는데, 효원이 학교에 보내달라고 울며 졸라대자 9세에 남자옷을 입혀 학교에 보냈다. 며칠 만에 『천자문』을 외웠다고 하는 것을 보면, 서당에 다녔던 것 같다. 1890년대에는 큰 도시 몇 군데밖에 신식학교가 없었기 때문이다. 『천자문』을 내리외우고 거꾸로도 외웠다는 아버지의 기억을 보면, 그는 어려서부터 문

학에 소질을 보였던 듯하다. 『천자문』을 배운 이듬해 1898년
여름에 의성군에서 주최한 백일장에 참가해 10세 어린 나이
로 장원했다.

그가 14세 되던 1902년에 아버지가 공금을 횡령했다는 죄
목으로 서울 감옥에 갇혔다. 그는 아는 사람 하나도 없는 서
울에 혼자 걸어서 올라와, 집정문 앞에 꿇어앉아서 자기 몸으
로 아버지의 죄를 대신하게 해달라고 청했다. 그의 효성에 감
동한 사람들이 그를 시회(詩會)에 소개해, 그의 효성과 글솜씨
가 널리 알려졌다. 덕분에 그는 권력자의 집에도 드나들게 되
었으며, 열 달도 채 안 되는 동안에 의연금이 수만 원 모아졌
다. 공금을 다 갚은 뒤에 아버지도 풀려났으며, 아버지는 덕원
이라는 이름을 효원(孝媛)이라고 고쳐주었다.

그는 이때부터 6년 동안 서울에 있으면서 여러 권력가들과
함께 한시를 지으며 사귀었는데, 김종한·이유민·민영선·윤
덕영·민병석·박기양 등은 판서를 지냈으며, 민영환과 이종
원은 승지를 지낸 권력가였다. 김종한이나 박기양과는 부녀지
의(父女之誼)를 맺었고, 삼청동 구로회(九老會)에도 참석해 서
울의 명사로 발돋움했다.

그가 20세가 되자 아버지가 시집보내려 했다. 그러나 조선
에 여학교가 하나도 없는 것을 안타까워 한 그는 동경에 가서
의연금을 모아 여학교를 설립할 계획을 세우고, 결혼을 뒤로
미룬 채 일본에 건너갔다. 조선통감 이등박문을 방문해 그러
한 뜻을 설명하자, 그가 동경의 유지들에게 보내는 소개장을
써 주었다. 효원은 아버지와 함께 그 소개장을 가지고 일본으

로 건너갔다.

그는 4년 동안 일본에 머물며 교육계를 시찰하고, 신문에 기사를 써서 조선 여학교 설립의 필요성을 역설해 수천 원의 보조금을 모았다. 그는 이 돈을 기금으로 하여 명신여학교를 세웠다.

이등박문은 당시 동경에 있던 한국 공사대리 신해영과 결혼하도록 그를 중매했다고 한다. 신해영은 당시에 대한유학생 감독이었는데, 마침 아내를 여의고 재혼할 곳을 찾고 있었다. 동경에서 약혼한 뒤에 오효원은 혼자 고향으로 돌아왔지만, 6개월 동안의 짧은 약혼기간 동안에도 많은 연애시를 지었으며, 귀국 도중 약혼자가 죽은 뒤에도 그를 그리워하며 많은 시를 지었다.

그는 일본에서 돌아온 뒤 신명(新明) · 숭신(崇信) · 공옥(攻玉) 학교에서 4년간 교사 생활을 하였다. 신명학교는 1907년 마르다 부르엔 여사가 대구에 설립한 학교로 추정된다. 숭신학교는 천주교에서 1911년에 설립한 사범학교로 1913년에 폐쇄되었다. 공옥학교는 개신교에서 1899년에 설립한 학교이다.

중국 여행과 문학활동

약혼자가 죽은 지 4년 뒤에 그는 학생복 차림으로 중국 상해에 갔다. 당시 상해는 중국의 신문화와 경제의 중심지라서 많은 인물들이 모여들었는데, 그는 수구음사(隨鷗吟社)에 참여

해 시를 주고받았으며, 신보보사(申報報社)에 들어가 글을 써서 생활했다.

신문 덕분에 그의 이름이 중국에 널리 퍼져, 그는 양계초를 비롯한 많은 문인들과 사귀었다. 특히 중화민국 초대 대통령 원세개(袁世凱)의 둘째 아들과 다섯째 아들을 자주 만나 시를 주고받았으며, 원세개의 비서관이나 신문사 기자들과도 자주 만나 의견을 나누었다. 그가 재혼한 사연을 이능화는 『조선해어화사(朝鮮解語花史)』에서 이렇게 기록했다. "청혼하는 자가 있으면 문득 귀를 가리고 대답하지 않았으니, 본토 사람을 구하려는 생각에서였다. 때마침 윤명은(尹命殷) 군이 북경에서 노닐었는데, 여사를 찾아가 회포를 풀다가 그 뜻이 서로 맞았다. 택일하여 혼례를 이루니 때는 무오년(1918) 가을이었다. 그해 겨울에 손잡고 함께 돌아와 도성에서 살았다."

그는 서울로 돌아와 요양생활을 하며 시를 지었다. 그의 시집 하편에 실린 시들은 주로 이 시절에 지은 시들이다. 이 시기에는 특히 고시(古詩)나 소체(騷體), 가사 등으로 다양한 형식의 시를 많이 지었다. 그가 일본이나 중국으로 돌아다니다 보니, 그동안 지었던 시들을 제대로 간직할 수 없었다. 그러나 자식이 없던 그는 이 시들을 자신의 분신처럼 생각하며, 죽은 뒤에 이름이라도 남기기 위해 시집을 내기로 했다.

그의 부탁을 들은 아버지가 편집하고 중국 문인 오지영(吳芝瑛)의 서문을 덧붙여 출판한 책이 바로 지금 전하는 『소파여사시집』이다. 아버지의 서문이 1923년에 지어진 데 비해 오효원의 자서가 1929년에 지어진 것을 보면, 정작 편집한 뒤에도 6년이 지나서야 출판된 것 같다. 시집 뒤에는 아우 연파(蓮坡)의 발문과 편자의 「편집여묵(編輯餘墨)」이 덧붙어 있다.

　오언절구 79수, 오언율시 15수, 오언고시 2수, 칠언절구 195수, 칠언율시 154수, 칠언고시 6수, 소체 1수, 가사 21수, 합계 473수가 상편에 134수, 중편에 146수, 하편에 193수 실렸다. 1929년 대동인쇄주식회사에서 인쇄한 이 시집은 그 이듬해 다시 재판을 냈으며, 1975년에 동생 오정애(吳貞愛)가 3판을 냈다. 3판도 내용은 앞의 시집과 같은데, 오효원의 사진 앞에 이수원(李壽源)의 서문이 덧붙어 있다.

송설당 최씨와 오효원의 생애 및 문학 비교

송설당 최씨의 시에서는 그가 맏딸이기 때문에 극복해야 하는 콤플렉스 현상이 나타난다. 그는 조상으로부터 쌓인 한을 풀어야 하는 장남의 역할을 장녀라는 이유 때문에 떠맡으면서 자아를 실현했다. 둘째로 어머니에 대한 콤플렉스는 그가 효녀라는 점이다. 어머니의 유언을 실현하기 위해 혼인도 포기하고 육영사업에 일생을 마쳤다. 학교를 설립하기 위해 모든 고난을 극복하며 어머니가 남긴 여한을 송설당이 풀어나간다. 셋째는 여성 콤플렉스인데, 전통사회의 유물인 남존여비의 사상을 깨고, 실존의 자아실현을 실천하고 있으나, 의식의 표출에 있어서는 아직도 전통적인 시어들이 나타나고 있다. 그리고 넷째로 송설당만의 콤플렉스가 나타난다. 이 콤플렉스를 송설당콤플렉스라고 이름 지을 수 있다.

그는 유교에서 불교로 귀의했으며, 성적 갈등구조가 한시에 희곡적으로 스펙터클하게 전개된다. 총체적으로 자아실현을 표출했으며, "임", "낭군", "이별", "꿈", "눈물" 등의 전통적 시가에 나타나는 소재어들을 통해 서정을 표출했다. 이러한 송설당콤플렉스는 전기적 수법으로, 그의 일대기적인 작품 「꿈을 쓰다(記夢)」에 나타난다.

오효원은 송설당보다 34년 뒤에 태어났다. 그는 여성으로서 뛰어나게 자아실현을 했으며, 그 실현방법에 있어서도 발전 확대되어가는 현상이 나타난다. 남성들과 동등한 입장에서 수

학하고, 아버지의 죄를 감형시키며, 아버지를 감옥에서 구출하는 일들은 아들 못지않게 뛰어난 영웅적 행위이다. 약혼자 신해영이 사망했지만, 그는 혼자서 명신여학교를 설립했다. 중국까지 가서 문학활동을 하고, 기독교의 세례까지 받았다. 마지막에는 시집까지 출판했다.

이들의 차이점이라면 송설당이 끝까지 유교적인 삶을 고수한데 반해, 오효원은 기독교의 세례를 받았다는 것이다. 송설당이라는 자호(自號) 자체가 유교적인 가치관을 보여준다. 송설당이 유교적인 여인이라서 남자학교를 세웠다면, 오효원은 기독교적인 가치관에서 여자학교를 세운 것이다. 그들의 사진에서 보는 것처럼, 송설당은 전형적인 대갓집 여주인 모습이고, 오효원은 신여성이다. 그러나 겉멋만 부리는 신여성이 아니라, 중화민국의 대통령과 조선통감을 상대로 교섭할 정도의 능력가이기도 하다. 송설당은 전형적인 재신증식의 방식에 따라 토지를 늘렸고, 이 대토지를 자산으로 하여 학교재단을 설립했다. 그러나 오효원은 문학작품과 언론을 통해 의연금을 호소하고, 이렇게 모여진 기금으로 여학교를 세웠다.

그러나 이러한 차이가 두 여성의 성격 차이라기보다는, 한 세대가 넘는 시대적인 차이 때문이라고 생각한다. 오효원은 19세기말에 태어나 20세기 초에 주로 활동했기 때문에 오빠들과 함께 글을 배울 수도 있었고, 기독교의 세례를 받을 수도 있었으며, 사회적인 분위기가 성숙했던 것이다.

이들의 시에서는 여성이기 때문에 극복해야 하는 문제의식이 여러 가지 발견된다. 그중에서 우선 두 여성의 자아실현을 통해 동물적 인식에서 인간적 인식으로, 전통사회에서 남녀 상호 의존적이던 상관관계가 자존적 독립성을 유지하게 되는 과정이 확인된다. 성의 도구적 인식에서 역할적 자아실현으로, 종속적인 데서 남성을 지배하는 차원으로, 또한 종교적 자유가 능동적으로 이뤄졌다. 그러면서도 표현 기법에 있어서는 전통적 서정성과 전통적 한시 형태가 그 맥락을 잇고 있다.

문학적 측면에서 송설당과 오효원이 새로운 표현기법을 시도하지는 못했으며, 독서량이 적어 깊은 시세계를 창출하지도 못했으나, 자아실현과 성적 갈등의 구조적 특징이 수직적 구조에서 수평적 구조로 발전했다. 그들이 지은 한시는 자아발견이나 자아실현의 새로운 여성상을 표출했다고 볼 수 있다.

                                            - 허미자 (전 성신여대 교수)

옮긴이 **허경진** 은 연세대학교 국어국문학과를 졸업하고,
동대학원에서 문학박사 학위를 받았다. 목원대학교 국어교육과 교수와
열상고전연구회 회장을 거쳐, 현재 연세대학교 국문과 교수로 재직 중이다.
『한국의 한시』 총서 외 주요저서로는 『조선위항문학사』, 『허균』,
『허균 시 연구』, 『대전지역 누정문학연구』, 『한국의 읍성』 등이 있고,
옮긴 책으로는 『연암 박지원 소설집』, 『매천야록』,
『서유견문』, 『삼국유사』, 『택리지』, 『한국역대한시시화』,
『허균의 시화』 등 다수가 있다.

韓國의 漢詩 90

崔松雪堂 · 吳孝媛 詩選

초판 1쇄 인쇄   2008년 1월 25일
초판 1쇄 발행   2008년 1월 30일

옮 긴 이   허경진
펴 낸 이   이정옥
펴 낸 곳   평민사

주   소   서울시 서대문구 남가좌2동 370-40
전   화   375-8571(대표) / 팩스 · 375-8573
            평민사의 모든 자료를 한눈에 볼 수 있는 블로그
            http://blog.naver.com/pyung1976
            e-mail: pyung1976@naver.com

등록번호   제10-328호

  값   7,000원

            ISBN 978-89-7115-502-8 04810
            ISBN 978-89-7115-476-2   (set)